Juana Manuela Gorriti

PEREGRINACIONES DE UNA ALMA TRISTE

edición de
Mary G. Berg

⊲- STOCKCERO -⊳

Gorriti, Juana Manuela

    Peregrinaciones de una alma triste / edición literaria a cargo de: Mary G. Berg -

    1a ed. - Buenos Aires : Stock Cero, 2006.

    180 p. ; 22x15 cm.

    ISBN 987-1136-42-0

    1. Narrativa Argentina. I. Berg, Mary G., ed. lit. II. Título

    CDD A863

1° edición: 2006
Stockcero
ISBN N° 987-1136-42-0
Libro de Edición Argentina.

Hecho el depósito que prevé la ley 11.723.
Printed in the United States of America.

stockcero.com
Viamonte 1592 C1055ABD
Buenos Aires Argentina
54 11 4372 9322
stockcero@stockcero.com

Juana Manuela Gorriti

PEREGRINACIONES DE UNA ALMA TRISTE

basada en la edición de
Buenos Aires, Imprenta y Librerías de Mayo, 1876

Índice

PRÓLOGO

PEREGRINACIONES DE UNA ALMA TRISTE Y SU AUTORA

Juana Manuela Gorriti (Argentina 1818-1892), una de las novelistas más renombradas del siglo XIX, famosa por sus tertulias literarias convocadas durante décadas en Lima y Buenos Aires y por sus más de setenta novelas, memorias, biografías y colecciones de cuentos, todavía representa una figura ejemplar de liberación femenina. Su vida aventurosa ha sido enfoque en el siglo XX de una serie de novelizaciones, que incluye la muy reeditada *Juanamanuela mucha mujer* de Martha Mercader (Buenos Aires, 1980). Parece que Gorriti nació rebelde y prosiguió durante toda su vida el camino –literalmente, por ser viajera casi constante– de desafío al conformismo.[1]

Peregrinaciones de una alma triste, novela dedicada a las damas de Buenos Aires, se publicó en el primer tomo de *Panoramas de la vida* de 1876, se presenta como memorias de viaje en una serie de episodios relatados por una narradora, dentro del marco de una conversación entre dos amigas. Mediante alusiones frecuentes a la presencia de la amiga, ésta se constituye en narradora secundaria de la historia. Esta mujer, sin nombre, abre el relato, contando que

> un día, entrando en mi cuarto, encontré una bella joven que estaba aguardándome...
> —¡Laura! ¡Oh! en verdad, querida mía, que estás desconocida; y sin el acento de tu voz...
> —¡Bendito acento de la patria, que me recuerda al corazón olvidadizo de mis amigos! (1)

Así sabemos desde el principio que aunque se encuentran en Lima las dos mujeres son argentinas, originalmente de Salta, y que se entienden bien tanto por ser extranjeras en el Perú como por compartir una infancia ar-

---

1   Partes de este prólogo se publicaron en "Juana Manuela Gorriti: inventora de aventuras (Argentina 1818-1892)" en *Las Desobedientes: Mujeres de nuestra América.* Ed. Betty Osorio y María Mercedes Jaramillo. Santafé de Bogotá: Editorial Panamericana, 1997, 131-159. Y en "Viajeras y exiliadas en la narrativa de Juana Manuela Gorriti" en *Mujeres y cultura en la Argentina del siglo XIX.* Ed. Lea Fletcher, Buenos Aires: Feminaria Editora, 1994, 69-79.

gentina. La novela documenta los viajes de Laura; pero al hablar de Salta las
dos mujeres comparan sus memorias, y cuando Laura menciona su igno-
rancia de cierto episodio, es la amiga, que asistió a la misma escuela salteña,
quien lo recuerda y narra. La memoria que perdura es la memoria com-
partida. Desde el principio sabemos que Laura se ha vuelto a Lima rebozante
de salud y energía y que le cuenta sus aventuras a su amiga desde esta perspectiva triunfadora. También hay cierta insistencia al principio en paralelos
literarios, sobre todo en *Las Mil y Una Noches*,[2] que establecen la ficcionalidad
del relato, su estructura episódica, y su inclusión de una serie de cuentos en
contrapunto a la narración principal. Estos cuentos intercalados se pueden
ver como claves para la interpretación de la historia del viaje de Laura.

La historia principal de *Peregrinaciones* cuenta la huída de Laura de su
casa materna en Lima, donde se estaba muriendo de tuberculosis, excesiva-
mente medicada y mimada, y de su reencuentro con la salud y el bienestar. Se
niega a tomar el arsénico (remedio entonces convencional) recetado por el
doctor, logra vestirse, y con el dinero de su alcancía,[3] llega a Callao y se em-
barca en un vapor que va para el sur. A pesar de su miedo, cuenta que

> yo había resuelto cerrar los ojos a todo peligro; y asiendo mi valor a dos
> manos, puse el pie en la húmeda escalera del vapor; rehusé el brazo que
> galantemente me ofrecía un oficial de marina, y subí cual había de
> caminar en adelante: sola y sin apoyo. (13)

Su euforia no conoce límites cuando se da cuenta de que todos los otros
pasajeros están mareados y ella no, por la irónica circunstancia de haber in-
gerido por su tuberculosis "una fuerte infusión de cascarilla" (14). Por pura
coincidencia, el doctor le dió algo que le sirve. Dice que

> entregueme a una loca alegría. Rompí el método del doctor, y comí, bebí,
> corrí, toqué el piano, canté y bailé: todo esto con el anhelo ardiente del
> cautivo que sale de una larga prisión. Parecíame que cada uno de estos
> ruidosos actos de la vida era una patente de salud; y olvidaba del todo
> la fiebre, la tos y los sudores, esos siniestros huéspedes de mi pobre
> cuerpo. (14)

Laura se libera no sólo de su enfermedad mortal sino de toda expectativa
social: ahora goza de juventud, belleza, dinero y una independencia total.
Según ella, padece solamente de la enfermedad del Judío Errante: tiene que

2   Como ha señalado Lea Fletcher en "Patriarchy, Medicine, and Women Writers in Ni-
     neteenth-Century Argentina" (en *The Body and the Text: Comparative Essays in Literature
     and Medicine*. Ed. Bruce Clarke y Wendell Aycock. Lubbock: Texas Tech P, 1990, 91-
     101, p. 95), Gorriti dice explícitamente que *Peregrinaciones* consta de una serie de capí-
     tulos entrerelacionados "como en *Las Mil y Una Noches*" (2) que una "bella Cherezada"
     contará a la amiga, su "querida Dinarzada" (3), urgida por la penosa ausencia del sultán,
     señalado como el "dueño de su destino" (2) por Laura.
3   Gorriti siempre se interesa en los asuntos prácticos y con frecuencia relata pormenores
     de ropaje, transporte y finanzas.

estar en movimiento continuo para evitar la reaparición de sus síntomas. Después de pasar cinco días en Chile, en Cobija, dice que "el ansia de partir me devoraba" (19) y se pone de acuerdo con un arriero para viajar en su caravana de diecisiete mulas hasta Salta. Siempre escoge las rutas más difíciles y las aventuras más azarosas. Al viajar en canoa desde Iquitos hasta Balsapuerto, y luego por tierra a Moyobamba observa que lo normal en esa ruta es viajar cinco días en hombros de indios, pero insiste en que "preferí marchar a pie...y que lejos de sentir cansancio, encontrábame ligera y fuerte" (143). En esta ocasión sí acepta vestirse según los consejos que le dan y cuenta que

> vestíme de hombre, evitando así las dificultades infinitas que las faldas encuentran en todo, esencialmente en un viaje.
> Un pantalón de tela rayada; una blusa de lienzo azul, y un gorro de vicuña que encerraba mi cabellera, transformáronme de manera que nadie habría reconocido a una muger en el muchachón que, empuñando un remo, bogaba entre los hombres de la canoa. (142)

No es cuestión sólo de disfrazarse sino también de darse la libertad de poder actuar como hombre. Con frecuencia, en la narrativa de Gorriti, las mujeres viajeras se visten de hombre para evadir ciertos peligros y ciertas atenciones.[4]

Gorriti presenta un panorama humanamente optimista. Al viajar por Chile, Argentina, Paraguay, Brasil y de vuelta en el Perú, Laura casi siempre es acogida por gente hospitalaria y generosa, de todos los rangos sociales y económicos. Alternan descripciones amplias de costumbres, ropaje, platos de cocina, y paisajes con relatos de los trances vitales sufridos por los que hospedan a Laura. Son múltiples los relatos de ataques de bandidos o de indígenas salvajes, incendios, guerras civiles, e injusticias perpetradas por los más poderosos, sean éstos militares o civiles. Laura escucha a todos con atención y empatía, aun a los que parecen ser bandidos o ladrones. Con frecuencia logra reunir a familiares que se habían perdido de vista: restituye un niño perdido a su madre, rescata a dos huérfanos para reunirlos con sus tíos, y compra la libertad de una esclava negra y de sus siete hijos para que puedan vivir juntos.

---

4   También se destaca el motivo de la doble identidad simultánea, que une el tema de la doble nacionalidad con otra idea recurrente en Gorriti: la frecuente imposibilidad de distinguir entre apariencia y realidad. En *Gubi Amaya; historia de un salteador* de *Sueños y realidades* de 1865, esto se concreta en términos de identificación sexual: la viajera, vestida de hombre, se gana la confianza de una serie de personas que le cuentan sus historias. Los hombres confían en ella porque creen que es un hombre llamado Emmanuel; las mujeres penetran su disfraz y saben muy bien que revelan sus secretos a Emma. El narrador secundario, otro exiliado de su pueblo, también tiene una doble identidad: es a un tiempo "el buen Miguel" y el demoníaco Gubi Amaya, bandido y asesino. La verdadera identidad de la narradora se expresa a través de las memorias de su infancia y su juventud, algo que vemos repetido en todas las narrativas de viaje. Sugiere Mary Louise Pratt de esta novela de Gorriti que "the cross-dressing, it seems, is a device for imagining the woman as a republican-citizen subject (though not as a man)". *Imperial Eyes: Travel Writing and Transculturation.* New York: Routledge, 1992, p. 194.

Pero también se reconoce incapaz de modificar otras situaciones malignas: en Iquitos tiene que huir de dos malévolos y aceptar que maten al hombre que ha querido protegerla; en Río de Janeiro, hace todo lo posible para efectuar la huída de una paraguaya presa injustamente por un brasilero rico –otra vez la solidaridad con una exiliada– pero no lo logra. Su papel de conciliadora no siempre da resultado.

Los cuentos intercalados en la historia principal aclaran y reiteran sus mensajes. Muchos integran el propio relato de viajes por tratarse directamente de personas o lugares que Laura llega a conocer. Otros, a menudo melodrámaticos, conforman episodios que alternan con los comentarios de viaje; el efecto de éstos se parece a veces a lo que logra en la ficción contemporánea , por ejemplo, Mario Vargas Llosa en *La tía Julia y el escribidor* (1977) o *El paraíso en la nueva esquina* (2003): realidad y ficción se interpenetran. Se ven claramente las conexiones temáticas y la tensión entre la historia principal (el viaje de Laura) y los cuentos secundarios: con esta estrategia narrativa se mantiene la distancia entre la observadora y la violencia que la rodea.

(1) **El cuento del marinero francés** –un extranjero– que pierde la vida al intentar explorar un reino mágico debajo de las olas cerca de la costa chilena. Introduce el tema de una quimera bella e inaccessible para el ser mortal. Su forma de leyenda la establece como parte de una narrativa de nostalgia por el pasado, un pasado que está más allá de las fuerzas de cambio. Se sugiere que la quimera también se puede considerar como reflejo o espejísmo de una verdad no claramente perceptible en su forma inmediata presente. También representa la inclusión de una fantasía romántica (muy distinta en su tono de la narración principal) que entretiene, conmueve, y se mantiene independiente de la experiencia concreta del viaje.

(2) **Los amores entre Carmela Villanueva y Enrique Ariel,** contados en episodios de gran suspenso a lo largo de la primera mitad de la novela, a la manera de una telenovela. Es una historia de amor imposible, donde una bella chilena, Carmela, se enamora de un joven cubano –otra vez, extranjero– que la salva de un incendio minutos después de prometerle ella a Dios que entrará en un convento si Dios la salva a ella y a su madre. Los segmentos del cuento relatan los múltiples esfuerzos inútiles del cubano para persuadirla a escoger el camino del amor. Laura insiste varias veces que "Carmela no se sacrificaba a la religión: sacrificábase al punto de honor" (63). El honor para Gorriti suele ser más racional y más deliberado que la religión; Carmela se aferra a su de-

cisión de no entregarse al amor. Para Laura, que acompaña en muchos momentos a los enamorados, el amor desventurado es un reflejo de su propia pena y de su propia decisión de seguir el camino de la mujer sola. Carmela, como Laura, reclama su autonomía frente a los ruegos de sus padres y la presencia implorante y casi irresistible de su amor ideal: ella opta por el deber y la soledad y es ella quien recuerda al cubano que él también debe suprimir o rechazar al amor porque él ha venido a Chile y Argentina para promover la causa de su patria (36). El amor puede ser una "romántica leyenda" (26) casi irresistible. La conclusión de este cuento intercalado dramatiza la diferencia entre cuento "romántico" donde a la mujer, al rechazar al amor, únicamente le queda la alternativa del convento y el mundo más amplio de la narración principal de Laura, a quien se le abren múltiples oportunidades.

(3) **Recuerdos de la maestra en Salta**, otra exiliada,

> aquella desventurada señora despojada y proscrita de su patria por la injusticia de una política brutal...su aislamiento y orfandad en la tierra estrangera...forzada al trabajo por la dura ley de la miseria, se entregaba a la tarea ingrata de la enseñanza...que [da] pan a sus hijos (45)

Esta historia encierra una ironía cruel, porque cuenta que años después el nuevo dueño de la casa descubre un tesoro justamente en la muralla de la sala de clase de la maestra pobre. Se destaca en ella el elemento autobiográfico y la simpatía que sentía Gorriti por una maestra exiliada que tenía que mantener a sus hijos así como ella había hecho en Lima. En relación con la narración de Laura, muestra el lado oscuro de la vida de la mujer que se sostiene a sí misma y a sus hijos. La ausencia de justicia en los sucesos humanos se señala con frecuencia, la total arbitrariedad de la suerte, la falta de coincidencia entre valor y premio (o castigo). El cuento nos recuerda que ni el sistema jurídico ni la iglesia logra imponer a la sociedad humana una moralidad adecuada y que las mujeres exiliadas son muy vulnerables.

(4) **La rivaldad entre Anastasia y Patricia**, alumnas de Salta conocidas por la narrradora amiga de Laura. Con frecuencia en la narrativa de Gorriti se describen pares de mujeres. O son amigas y colaboradoras (como Laura y su amiga limeña) o representan la polarización y oposición de los dos lados de lo femenino, dramatizado como bueno/malo, luz/oscuridad, inteligencia/instinto, pasividad/agresividad, interioridad/experioridad o creatividad/destructividad.[5] La presencia de las dos polaridades en una sola mujer (como en Laura) lleva a un estado de equilibrio iluminado, pero cuando las fuerzas con-

---

5   En este cuento, Anastasia es la buena, pasiva y generosa y Patricia es la egoísta, combativa y deseosa de poder. Patricia logra destruir a Anastasia al robarle el amante por medio de sexualidad agresiva; Anastasia se retira al convento donde su dolor interiorizado se convierte en enfermedad mientras Patricia tiene amantes, provoca por lo menos un duelo sangriento y muere asaltada por indígenas salvajes.

tradictorias se manifiestan en dos individuos, se termina inevitablemente en conflicto y en competencia hasta la muerte. Aunque el desarrollo de estas tensiones aquí también sirve para permitir la inclusión de una descripción amplia de la vida colegial, sus costumbres y sus fiestas, el propósito serio de este cuento parece ser la discusión de estas dos tendencias fundamentales de la personalidad femenina.

(5) **El niño rubio de Río Blanco**: la historia intercalada a lo largo de la segunda mitad de la novela. Dramatiza la situación de un gaucho que, al igual que Martín Fierro, es maltratado en diversos encuentros con militares y terratenientes y al final muere injustamente como resultado de negarse a dar su caballo, su única posesión, a un oficial que se lo pide. A pesar de sus sufrimientos, el gaucho logra salvar a un niño (separado de sus parientes por un ataque de indígenas salvajes) que Laura luego consigue reunir con su familia. Es el más marginado quien tiene la generosidad más notable. En esta historia Gorriti describe la barbarie de los vastos espacios argentinos y el exilio interior que es fruto de la falta de ley ("para un pobre no hay justicia" 81), la falta de toda moral que no sea la de la fuerza, en un país no civilizado. Los ataques de bandidos y de indios son frecuentes y las distancias casi insuperables: cuando Laura va a visitar a su hermano en su estancia, demora siete días en el viaje de Salta y ve a poca gente.

(6) **El desheredado.** No reconocido por su familia y por lo tanto privado de sus derechos legales —otra forma de exilio— el hijo natural del abuelo de Laura y de una esclava negra le cuenta a Laura sus penas. Treinta años después de la huída de la negra con su hijo, fuga necesaria por la crueldad del amo, Laura presencia la recuperación por el hijo mulato de su parte de la fortuna familiar. La justicia se logra fuera de los límites de la ley; subversivamente, Laura presencia y celebra este acto.[6]

(7) **El relato de la Cangallé**, reducción jesuita, cuyas ruinas están en la ruta al Paraguay cuando Laura y su hermano viajan desde Colonia Rivadavia. Esta historia repite el conflicto mortal entre dos mujeres (y aquí dos culturas): una española y la otra indígena. El cuerpo del hombre es también aquí el territorio bajo disputa. La indígena está resuelta a destruir lo que no puede poseer, pero la sexualidad de la española (que provoca el abandono de la esposa indígena) es igualmente agresiva. No hay salida ni para la una ni para la otra: reducen todo a cadáveres y ruinas. Destruyen el pueblo de Cangallé y la tribu indígena. Se dramatiza la fragilidad de las relaciones entre razas,

6   Su tío mulato comparte el oro generosamente con Laura. Como ella siente que "ese oro estaba regado con las lágrimas de los desgraciados esclavos sacrificados a un rudo trabajo por la avaricia de mi abuelo" (94) decide ella que le toca redimir ese "crimen". "Y cayendo de rodillas, juré por Dios emplearlo todo en el alivio de los infelices" (95), promesa cumplida a lo largo del libro.

sexos, nacionalidades, y generaciones. Se incluyen elementos parecidos a varios relatos de cautivas y a la historia de Lucía Miranda, tan popular en la época, donde también se incendia toda posibilidad de convivencia.[7]

(8 y 9) Los últimos dos relatos intercalados hablan de dos prisioneros en Río de Janeiro, **una africana esclavizada** y **una paraguaya secuestrada** por un militar brasilero que vuelve con sus tropas después de la derrota del Paraguay, cuyos horrores acaba de conocer Laura. Laura logra comprar la libertad de la africana, pero su segundo intento de socorro no da resultado. De nuevo se nos recuerda que frente a la injusticia no hay remedios fáciles. La africana es víctima de una mujer que la trata mal y vende a sus hijos (transgresión de sus derechos como madre) mientras la paraguaya es víctima de violación y de secuestro (transgresión de su autonomía corporal).

Estos nueve cuentos, las principales historias intercaladas en la trayectoria del viaje de Laura, tienen estrechos vínculos temáticos con el relato de la viajera y, como en el *Decamerón*, sirven a un tiempo para entretener y para ampliar ciertas dimensiones de la narración: en este caso, el aspecto violento, arriesgoso y frecuentemente fatal de las aventuras al margen de lo socialmente aceptado. El exilio es el tema común de todos; todos están fuera de su lugar, 1) el marinero francés muere en Chile, 2) el cubano y la chilena mueren en Argentina, víctimas de actos de violencia, 3) la maestra exiliada sufre lejos de su país, 4) las alumnas rivales se exilian de la sociedad salteña, 5) el niño está separado de su madre, y al gaucho le excluyen de sus derechos, 6) el hijo mulato no es aceptado por su familia, 7) ni la mujer indígena ni la española tiene sitio en el choque de culturas, 8 y 9) y tanto la africana como la paraguaya están marginadas y victimizadas en el Brasil. Los cuentos intercalados constituyen un fuerte texto paralelo sucundario donde vemos claramente destacados los temas de conflicto, violencia e injusticia que la viajera, Laura, no experimenta personalmente pero que presencia (y documenta, al narrar sus aventuras) en las historias que le cuentan a lo largo de su viaje.

También es importante en todos los cuentos intercalados el anhelo de plenitud, sea en el amor, en la justicia o en relación a otro ideal. La viajera, Laura, renuncia a los vínculos sociales, familiares y nacionales que la cercan

---

7   Lucía Guerra Cunningham, en "Visión marginal de la historia en la narrativa de Juana Manuela Gorriti" (*Ideologies and Literature*, Nueva época, II: 2, otoño, 1987, 59-76) comenta sobre la división, en la narrativa de Gorriti, "entre el Bien y el Mal, fuerzas antagónicas que configuran eventualmente un equilibrio" (65). Guerra analiza relatos donde en su desenlace "es significativo el hecho de que, aparte de los personajes divididos en una oposición binaria de victimario y víctima, se presente a modo de epílogo, la figura de una mujer...madre y esposa" (69). Aunque en *Peregrinaciones* se ve la misma división entre parejas en oposición (victimario/víctima, etc.) y mujer comentadora (Laura), ésta no es ni madre ni esposa y representa una ruptura con esta imagen de lo femenino tradicional por declarar su autonomía y su frecuente subversividad en cuanto a la ley. Por ser viajera y exiliada, se libera Laura (hasta cierto punto) de varias limitaciones aunque también se priva del poder estereotípicamente femenino del hogar y de la estructura familiar.

y la reprimen. No importa cuál sea la meta; basta la búsqueda de un ideal para asegurar el interés por la vida, la salud y el optimismo. Están implícitos en esto dos metáforas: la vida como viaje, y la condición humana como exilio perpetuo. Pero estas metáforas, en *Peregrinaciones,* son inmensamente liberadoras y llenas de posibilidades vitales. Nadie está limitado por lo que aparenta ser en determinado momento; el futuro se abre kaleidoscópicamente en mil senderos de aventuras y posibilidades. Algunos caminos llevan a la muerte pero es imposible saber de antemano cuáles serán, y en la mayoría de los casos, los desconocidos son enormemente hospitalarios y generosos, el espíritu y el cuerpo humano encierran recursos inesperados, y sobre todo, los momentos más bellos del pasado arraigan en la memoria para siempre, como un tesoro accessible a la viajera exiliada en las peores situaciones. Gran parte –quizás un tercio– de la narrativa de Gorriti se dedica al placer voluptuoso de recordar el pasado, lo cual es uno de los propósitos de viajar en la medida en que un viaje puede estimular las memorias de lo antes occurrido por la variedad de imágenes y situaciones que se despliegan.

Peregrinaciones es una novela que ofrece diversas perspectivas: es una guía turística de la Sudamérica del 1875; es la historia de una joven valiente que viaja sola por estos países y –con suerte y astucia– elude los muchos peligros que la acechan; es una meditación profunda sobre el doble impulso humano hacia el pasado como refugio y hacia el futuro como promesa, y sobre la configuración del futuro por las experiencias del pasado; es una crítica de la violencia a la vez y también una divertidísima novela de aventuras de muchas dimensiones simúltaneas construída en base a una doble narración de experiencia inmediata y de cuentos ejemplares que profundizan en ciertos temas repetidos.

LA AUTORA

Juana Manuela Gorriti nació en Horcones, hacienda situada en la provincia de Salta, Argentina, el 15 de junio de 1818, en plena época revolucionaria, en el seno de una familia dedicada a la causa de la independencia. Su padre, José Ignacio Gorriti, combatió al lado del General Belgrano en las batallas de Tucumán (1812) y Salta (1813), fue delegado al Congreso de Tucumán en 1816 y también gobernador de Salta en dos ocasiones.

Juana Manuela Gorriti fue la séptima de ocho hijos. Pasó sus primeros años en el rancho de Horcones, donde su padre era comandante de una fuerza armada, primero como coronel y después en calidad de general. Allí conoció la pequeña Gorriti al General Güemes, el famoso líder de las tropas gauchas de Salta. Existen varios relatos que describen a Juana Manuela Gorriti como una niña excepcionalmente despierta y bonita, con rizos dorados y ojos vivaces, temeraria y aventurera. Cuando tenía unos seis años, una de sus tías se la llevó a Salta para estudiar en una escuela de convento, pero como la niña no pudo tolerar que la encerraran, se enfermó y poco depués volvió a su casa, acabando así su educación formal. Se convirtió en una lectora ávida de cualquier libro que caía en sus manos, y escribía cuentos desde muy joven. El 13 de noviembre de 1831, después de varios años de guerra civil, el general Gorriti, quien combatía en el lado unitario, fue derrotado por el federalista Juan Facundo Quiroga, el temido "Tigre de los Llanos". El general Gorriti huyó a Bolivia, donde se estableció en Tarija, cerca de la frontera, y después en Chuquisaca, donde estaba exiliado su hermano, el canónigo Juan Ignacio Gorriti, célebre activista del movimiento de independencia. José Ignacio Gorriti fue acompañado en su exilio por toda su familia y también por los generales Puch y Arenales y otras dos mil personas que cruzaron la frontera de Bolivia con él. José Ignacio Gorriti murió en Chuquisaca en 1835.

En 1832, la joven Juana Manuela Gorriti conoció a Manuel Isidoro Belzú, oficial del ejército boliviano, y se casó con él en 1833, a los catorce años. Al parecer, Gorriti tuvo tantos problemas para adaptarse a su vida de casada como los tuvo para ser pupila dócil en el convento. Muchos años despues, incluyó una serie de memorias de estos días en su colección *Misceláneas*; recuerda cómo era vivir en pueblitos bolivianos dónde los soldados jóvenes y sus mujeres se divertían (escandalosamente, se decía) con fiestas, apuestas, charadas y juegos. En los altos círculos sociales bolivianos, se hablaba mucho de la conducta poco decorosa de los cónyuges: se decía que Belzú tenía muchísimas amantes, y que su esposa se comportaba con poca seriedad y que era muy amiga del entonces presidente Ballivián. Pero el sumamente ambicioso Belzú avanzó rápidamente en su carrera. Nacieron de esta unión dos hijas,

Edelmira y Mercedes. Se dice que Gorriti hizo un viaje a Horcones en 1842, pero que después de una breve visita retornó a La Paz, donde se dedicó a sus hijas y a escribir.

Cuando Belzú fue desterrado por conspirar contra el gobierno, su mujer y sus hijas le acompañaron al Perú. *La quena*, una novela juvenil de Gorriti, una historia de amor entre una princesa incáica y un español, quizás escrita cuando la autora tenía dieciocho años, fue publicada por entregas en *La Revista de Lima* en 1845, la primera de muchas novelas, artículos y cuentos que publicaría rápidamente uno detrás del otro. Más adelante, Belzú volvió a Bolivia solo y fue ministro bajo el mando del general Velasco, quien subió a la presidencia en 1847. Belzú encabezó un golpe militar que derrocó a Velasco en diciembre de 1848. Gobernó como dictador hasta 1850 y como presidente constitucional de 1850 a 1855. Gorriti permaneció en Lima con sus hijas, y para mantenerse abrió una escuela primaria y también un colegio para señoritas. Inició una serie de veladas literarias que atrajo a los escritores más destacados de la época, como Ricardo Palma, Carolina Freire de Jaimes, Abelardo Gamarra, Juana Manuela Lazo de Eléspuro, y muchos otros. Años después Ricardo Palma la recordaría con cariño: "La Gorriti, sin escribir versos, era una organización altamente poética. Los bohemios la tratábamos con la misma llaneza que a un compañero, y su casa era para nosotros un centro de reunión". Su hija Edelmira volvió a Bolivia y se casó con el general Jorge Córdoba, quien sucedió a Belzú en la presidencia en 1855. Gorriti tuvo otros dos hijos en Lima: Julio Sandoval y Clorinda Puch. Aunque nunca reveló públicamente quiénes eran los padres (por lo menos en sus escritos publicados - se puede soñar que algún día se encuentren más cartas suyas), Clorinda y Julio vivieron muy abiertamente con su madre. Clorinda murió en la adolescencia, pero Julio seguía siendo el compañero fiel de su madre hasta que ésta murió. Durante todos estos años juveniles en Lima, ella siguió escribiendo y publicando prolíficamente en revistas peruanas como *El Liberal*, *Iris* y *La Revista de Lima*, y argentinas como la *Revista del Paraná* y *La Revista de Buenos Aires*. Los diarios de Lima publicaron sus novelas por entregas en los suplementos y éstas eran reproducidas en muchos diarios y revistas de Chile, Colombia, Ecuador, Argentina (después de la caída de Rosas) e incluso en Madrid y París.

En 1863, se anunció la publicación en Buenos Aires de una edición de dos volúmenes, por suscripción, de novelas cortas y ensayos de Juana Manuela

Gorriti, con el título de *Sueños y realidades*. En tres ocasiones se perdieron los manuscritos cuando transitaban hacia Buenos Aires y Gorriti los tuvo que volver a escribir a partir de sus apuntes. Los volúmenes por fin fueron publicados en 1865, recibieron críticas muy favorables, y Gorriti fue aclamada como escritora argentina, a pesar de que llevaba tantos años viviendo en el extranjero.

Bolivia había padecido golpes militares en 1857, en 1860, y en 1864, el último cuando Melgarejo derrocó a Achá. Justo cuando Melgarejo estaba consolidando su poder, Belzú retornó de Europa, reunió a sus tropas y marchó hacia La Paz, donde fue aclamado por las multitudes. Su hija Edelmira encabezó los combates callejeros contra Melgarejo. En el momento de proclamar su triunfo el 28 de marzo de 1865, Belzú fue asesinado por el propio Melgarejo, que simuló abrazarle y le apuñaló. En esa misma época, Juana Manuela Gorriti estaba en La Paz para visitar a sus hijas; como en Lima, había abierto una escuela para señoritas y escribía prolíficamente. Aunque nunca se había reconciliado con su esposo, y que se sepa, no tuvieron contacto directo en los veinte años desde su separación, cuando le comunicaron la muerte de Belzú, era evidentes la confusión general y la necesidad de alguien que se encargara de reestablecer el order. Como viuda ejemplar, Gorriti exigió que le entregaran el cuerpo de Belzú y, apoyada por sus hijas, organizó un velorio al que asistió muchísima gente. Más de ocho mil personas, principalmente mujeres, se reunieron en las exequias de Belzú para escuchar la oración de Gorriti que rendía un elocuente tributo a la gran popularidad pública de su marido. Gorriti se convirtió en la figura que encabezaba un movimiento que exigía venganza por la muerte de Belzú y, por este motivo, al poco tiempo tuvo que salir de Bolivia. Volvió a establecerse en Lima. Escribió una biografía sumamente discreta de Belzú, publicada en *Panoramas de la vida* de 1876, que comenta de sus problemas matrimoniales solamente que "demasiado jóvenes ambos esposos, no supieron comprender sus cualidades ni soportar sus defectos y aquellas dos existencias se separaron para no volver a reunirse sino en la hora suprema al borde del sepulcro."

Cuando los españoles sitiaron a Callao, Perú en 1866, Juana Manuela Gorriti se convirtió en una heroína de la resistencia peruana, arriesgando su vida una y otra vez para rescatar heridos. Luego le fue concedida la condecoración más importante otorgada por el gobierno peruano al valor militar: la Estrella del 2 de mayo. Publicó varias versiones de sus memorias de esta invasión.

Gorriti siguió publicando novelas y ensayos; una serie de sus novelas cortas apareció en 1874 en *El Album* de Lima, fundado por su amiga, la escritora peruana Carolina Freyre de Jaimes. En 1874, Gorriti y el poeta Numa Pompilio Yona fundaron el periódico *La Alborada de Lima*. En febrero de 1875, Gorriti salió de Lima, pasando por Valparaiso y Montevideo en camino a la Argentina. Estaba en Buenos Aires en 1875 cuando el Senado y la Cámara de Diputados aprobaron una ley especial mediante la cual el gobierno argentino se le proporcionó una pensión por ser hija del general Juan Ignacio Gorriti. Se anunció la publicación en 1876 de dos tomos de obras suyas bajo el título *Panoramas de la vida*, y Gorriti se apresuró para terminar su nueva novela *Peregrinaciones de una alma triste* para poder incluírla en la colección. Un grupo de admiradores de la autora reunió un álbum con unas sesenta composiciones escritas en su honor y se lo ofreció en una reunión pública el 18 de septiembre de 1875. Las damas de Buenos Aires también organizaron una ceremonia en honor de Gorriti el 24 de septiembre, 1875, y ahí le ofrecieron una estrella de oro grabada. En noviembre de 1875 Gorriti retornó a Lima, donde fue recibida con entusiastas ceremonias. Volvió a abrir su escuela, y su salón literario era de nuevo el más prestigiado de Lima. Allí se reunían narradores como Ricardo Palma, Clorinda Matto, Mercedes Cabello, y otros artistas y escritores. Los miércoles por la noche, un grupo de treinta a cuarenta mujeres y hombres solía reunirse durante unas seis a ocho horas para escuchar presentaciones de música, recitaciones de poesía y narrativa, conferencias y discusiones sobre temas de actualidad. Muchas de las conferencias estaban relacionadas con la educación de las mujeres y con el papel de éstas en la sociedad contemporánea. Se exhibían cuadros y dibujos. Las actas de diez de estas veladas (del 19 de julio al 21 de septiembre de 1876) se publicaron en 1892, en un tomo proyectado como el primero de una serie[8]. Estas actas y los muchos comentarios periodísticos sobre estas reuniones ofrecen un fascinante panorama de la intensidad de la vida intelectual de Lima en aquella época. En estas veladas, Juana Manuela Gorriti presentó una serie de textos originales, al igual que su hija, Mercedes Belzú de Dorada, poeta muy admirada.

Al expirar su visa peruana, Gorriti retornó por mar a Buenos Aires a finales de 1877. Viajó por el norte de la Argentina en enero de 1878, pero fue detenida en Tucumán por inundaciones durante dos meses y no pudo llegar a Salta, lugar que habría querido volver a visitar. Los siguientes meses de 1878

8   Sobre las veladas de Gorriti en Lima y en Buenos Aires, se puede consultar Gabriela Batticuore, *El taller de la escritora: Veladas Literarias de Juana Manuela Gorriti: Lima-Buenos Aires (1876/7–1892)*. Buenos Aires: Beatriz Viterbo Editora, 1999.

los dedicó a preparar una nueva colección de relatos, discursos, recuerdos de viajes y otros ensayos, la cual fue publicada a finales del año bajo el título de *Misceláneas*. En aquellos días, inició su amistad con la escritora Josefina Pelliza. En julio de 1878 recibió noticias de que su hija Mercedes estaba enferma en el Perú. Cuando Mercedes murió en abril de 1879, Gorriti quiso volver a Buenos Aires pero no pudo hacerlo por la guerra entre Chile y la alianza de Perú y Bolivia. Presenció los asaltos de Lima en 1881 y escribió sobre la devastación ocasionada por la guerra. No fue hasta fines de 1882 que pudo regresar a Buenos Aires, después de una estadía en La Paz, pero pronto solicitó otra visa para salir, la cual le fue concedida el 28 de agosto de 1883.

Gorriti regresó por mar al Perú y llegó a Lima a principios de 1884, pero, siempre anhelante de cambio y de aventura, volvió a partir para Buenos Aires a finales de ese mismo año. En agosto de 1886 visitó Salta, viajando por ferrocarril hasta donde era posible. *La tierra natal*, publicada en 1889, describe el regocijo de este viaje al lugar donde había pasado su niñez. Al volver a Buenos Aires estuvo rodeada de buenos amigos y siguió escribiendo novelas y comentarios sobre la vida contemporánea. Fundó el periódico *La Alborada Argentina*, donde publicó elocuentes artículos sobre la capacidad, los derechos y la educación de las mujeres. Josefina Pelliza, Eduarda Mansilla y muchas otras escritoras se unieron con ella en esta investigación y exploración del papel de la mujer en la vida pública nacional. En 1886, Gorriti publicó *El mundo de los recuerdos*, otra colección de cuentos, leyendas, artículos y memorias.

Oasis en la vida, una novela corta, apareció en 1888, un libro de recetas culinarias en 1890, y una serie de biografías breves (*Perfiles*) en 1892. Trabajó en una nueva serie de memorias que serían publicadas bajo el título de *Lo íntimo* en 1893. Padeció de neuralgias durante varios años y murió de pulmonía el 6 de noviembre de 1892, a los setenta y cinco años, en Buenos Aires. Su funeral fue una ocasión pública donde el poeta Carlos Guido y Spano y otras personalidades pronunciaron oraciones. Varios diarios de Buenos Aires, Lima y La Paz dedicaron números a artículos sobre Juana Manuela Gorriti y su obra. Clorinda Matto de Turner, el 19 de noviembre de 1892, en *Los Andes* de Lima, escribió un resumen de la vida de su amiga que incluía una larga lista de los libros más conocidos de Gorriti y recordaba a sus lectores que "ninguna otra escritora Americana y aún europea puede ofrecer al mundo de las letras un legado más rico."

La gran originalidad de Juana Manuela Gorriti consiste no solamente en su producción de una inmensa cantidad de relatos cuyo interés perdura hasta hoy, sino en la fusión extraordinaria de su propia voz personal con los temas históricos de sus narraciones; combinó sus propias memorias con la ficción, su autobiografía con sus invenciones. Durante las primeras décadas del siglo XX, como los escritos de Gorriti no cabían bien dentro de las fórmulas y definiciones convencionales que la historia literaria establecía para la novela y el cuento, sus obras se leían menos. Pero ahora, con nuevo interés en las formas híbridas de la expresión narrativa, y con más admiración por las mujeres transgresoras y desobedientes, sus libros se editan de nuevo y se comentan con gran entusiasmo. Cristina Iglesia, en su prólogo a *El ajuar de la patria: Ensayos críticos sobre Juana Manuela Gorriti* (1993), observa que "sin duda la mayor audacia de Gorriti consiste en postularse como *escritora patriota* y narrar desde allí la leyenda nacional. Escribe sobre 'cuestiones de hombres' y, al hacerlo, entabla con los escritores una disputa. Toda su obra puede leerse como la voluntad de sostener este desafío."

Mary G. Berg
Resident Scholar,
Women's Studies Research Center,
Brandeis University

PROLOGO A LA EDICIÓN DE 1886

En las brillantes páginas de *Peregrinaciones de una alma triste*, el interés novelesco no es lo que más subyuga; su principal atractivo reside en la descripción de las localidades; en el panorama del suelo americano desplegado en todo su maravilloso esplendor; en la pintura de las costumbres sencillas y patriarcales de la vida campestre, diseñadas allí con hábil maestría.

¡Cuánta profunda observación ha dejado consignada la autora, en el paso fugitivo de esta voluntaria romería! Jamás las armonías del estilo lucieron con tan humildes atavíos, y el arte del escritor pocas veces fue mejor explotado para fingir la realidad, creando la vida y la acción en medio de la naturaleza solitaria.

Con esta obra la señora Gorriti ha entrado en la nueva senda porque conducen la novela los primeros escritores de la época presente: el romanticismo con sus amores volcánicos, donde toda la acción se desarrolla en la violencia de las pasiones y en el juego de los afectos llevados a una temperatura sofocante, había pervertido el gusto, después de estragar la literatura con sus creaciones inverosímiles funestas para la quietud el sosiego doméstico.

Hoy se le pide a la novela algo más que la pintura de las costumbres y sobre todo, de esas costumbres suntuarias que han llegado al más completo refinamiento. Esto, por sí solo, no es de provecho para los pueblos americanos.

Cuántos espíritus superficiales, a pesar suyo, no han estudiado geografía en las páginas espirituales de *La vuelta al mundo*, y cuántos no han seguido verdaderos cursos de Historia Natural en las animadas descripciones del capitán Mayne Reid.

Si el romance ha de ser una escuela donde aprenda a conocer el mundo;

conviene cultivar esta rama de la literatura relacionándola con la historia o cualquiera otra faz de la ciencia social o positiva, y no en la región puramente subjetiva de la especulación intelectual.

Así lo ha comprendido la discreta novelista Salteña, al escribir este nuevo libro, que con mucha propiedad podría llamarse la «Odisea del desierto». Si ella no posee el conocimiento de las ciencias de aplicación que hace una especialidad de Julio Verne, ni atesora el profundo caudal de observaciones acopiadas por el romancista inglés, conoce bastante la naturaleza pintoresca del suelo patrio; sus paisajes sin rival en la zona montañosa, como sus valles cargados de flores y de frutos, perdidos en las quiebras andinas, cuyos penachos coronados de nieve desatan por sus vertientes los raudales que fertilizan aquellos amenos campos.

El teatro de esta novela carece de los espacios convencionales del arte, y el drama y episodios que la forman exhíbense desde la opulenta ciudad de los Reyes hasta las ignoradas selvas del Chaco y del Amazonas.

El Alma Triste es una de esas creaciones impalpables de la fantasía alemana: espíritu indomable colocado en un débil vaso de arcilla; alma ambiciosa de lo grande y sedienta de lo nuevo, de lo desconocido, sometida por dolencias físicas y desgastamiento de los órganos vitales a la parálisis moral, al sueño infecundo de la inteligencia extinguiéndose en el reducido horizonte del hogar.

Pero esa alma rompe los lazos que la sujetan; su espíritu, muy diferente del espíritu de *Maistre*, ordena a la materia que ande, y el cuerpo débil y doliente obedece.

Y ese cuerpo sometido al movimiento, aspira en las auras del desierto nuevos efluvios de vida; y la reconstrucción física, la reacción material se opera sobre las vísceras enfermas y disputadas vigorosamente a la tumba.

El Alma Triste, que deserta su lecho de moribunda, se lanza a todos los azares de lo imprevisto; y las sorpresas que recibe en su incierta peregrinación se reproducen incesantes cautivando el ánimo del lector.

¡Con qué diestras pinceladas ha sabido su autora pintar una pasión sublimada por el martirio! Carmela y Enrique Ariel forman un grupo lleno de poesía: nada más puro, nada más sencillo y tierno que ese drama engendrado en una mirada y desvanecido en un sepulcro.

Pero, donde la señora Gorriti ha puesto en relieve su profundo conocimiento del corazón humano, el tacto exquisito con que se apodera de sus secretos sorprendido la lucha de las pasiones y de los intereses que gobiernan los acontecimientos, es cuando, en la serie de aventuras a que vive condenada su heroína, nos la exhibe recorriendo las soledades del Chaco, arrastrada en un débil barquichuelo por la corriente del Bermejo.

La destrucción de la Cangallé, es el tema de esa leyenda que tanto impresiona a la peregrina que la oye referir a la luz del fogón, cuyo incierto reflejo permite se destaque por intervalos el abultado contorno de aquellas históricas ruinas.

Cuando el lector conozca ese episodio observará el doble elemento, la dualidad de intereses a que es sacrificada la villa y sus habitantes: dos ideas, dos propósitos, dos intenciones corren a un fin, y ese fin en sus consecuencias es doble también.

La india, que es la mujer engañada, quiere vengarse de su esposo infiel, arrastrado por los hechizos de una cristiana hasta la morada de los hombres blancos; empero, se reconoce impotente para mover por un interés personal a los guerreros de la tribu de que su esposo es el caudillo; entonces los sorprende haciéndoles creer que su jefe está prisionero entre los cristianos, los incita a marchar para libertarlo y ella se pone al frente de la hueste, brava y celosa aspirando a la venganza.

La tribu se mueve con el noble objeto de salvar a su cacique que considera en peligro.

El odio a los cristianos es el lazo que vincula aquellas dos tempestades, y el protagonista del drama que es el cacique, se encuentra colocado por la fatalidad entre el amor de los suyos que quieren salvarlo y el odio de la esposa engañada que busca su corazón para hundir en él la flecha enherbolada.

Las damas de Buenos Aires, a quienes está dedicada esta bellísima creación, deben recibir complacidas una de las obras más bien ejecutadas de nuestra naciente literatura.

Tal es el humilde juicio que nos permitimos consignar a su frente, como un débil tributo que rendimos al esclarecido talento de la autora de *Panoramas de la vida*.

MARIANO A. PELLIZA
1.º de mayo de 1876

Bibliografía

Obras principales de Juana Manuela Gorriti, en orden cronológico:

Un año en California. Buenos Aires: El Nacional, 1864. Revisado y reimpreso
    en *Panoramas de la vida* como "Un viaje al país del oro".
Sueños y realidades. Ed. Vicente G. Quesada. Intro. José María Torres Caicedo.
    Epílogo y selección de reseñas periodísticas de Vicente G.
    Quesada. 2 vols. Buenos Aires: Casavalle, 1865. Segunda
    edición, con prol. José María Torres Caicedo. 2 vols. Buenos
    Aires, Biblioteca de "La Nación": 1907.
Biografía del general Don Dionisio de Puch. Paris: n.p., 1868. *Vida militar y po-
    lítica del general Don Dionisio de Puch*. 2a edición, corregida
    y aumentada. Paris: Imprenta Hispano americana de Rouge
    Hermanos y Comp., 1869.
El pozo del Yocci. Paris: n.p., 1869. También ed. prol. Arturo Giménez Pastor.
    Buenos Aires: Universidad de Buenos Aires, Instituto de Li-
    teratura Argentina, Sección de documentos, Serie 4, Novela,
    vol. 1, 5, 1929.
*Panoramas de la vida; colección de novelas, fantasías, leyendas y descripciones ame-
    ricanas*. Prol. Mariano Pelliza. 2 vols. Buenos Aires: Casa-
    valle, 1876.
*Misceláneas; colección de leyendas, juicios, pensamientos, discursos, impresiones
    de viaje y descripciones americanas*. Intro. y biog. Pastor S.
    Obligado. Buenos Aires: Imprenta de M. Biedma, 1878.
El mundo de los recuerdos. Buenos Aires: Félix Lajouane, editor, 1886.
Oasis en la vida. Buenos Aires: Félix Lajouane, editor, 1888.
La tierra natal. Prol. Santiago Estrada. Buenos Aires: Félix Lajouane, editor,
    1889.

Cocina ecléctica. Buenos Aires: Félix Lajouane, editor, 1892. 2a. ed. Buenos
    Aires: Librería Sarmiento, 1977. Pról. y ed. de Miguel
    Brascó.

Perfiles (Primera parte). Buenos Aires: Félix Lajouane, editor, 1892.

Veladas literarias de Lima, 1876 1877; tomo primero, veladas I a X. Buenos
    Aires: Imprenta Europea, 1892.

Lo íntimo de Juana Manuela Gorriti. Prol. Abelardo M. Gamarra. Buenos
    Aires: Ramón Espasa, 1893. 2a. ed. *Juana Manuela Gorriti y
    Lo Intimo* Pról. de Alicia Martorell. Salta: Fundación del
    Banco del Noroeste, 1992.

El tesoro de los incas (leyenda histórica). Intro. José María Monner Sans. Buenos
    Aires: Universidad de Buenos Aires, Instituto de Literatura
    Argentina, Sección de documentos, Serie 4, Novela, vol. 1,
    6, 1929.

Páginas literarias: leyendas, cuentos, narraciones. Prol. Antonio Sagarna. Buenos
    Aires: El Ateneo, 1930.

Narraciones. Ed. y Prol. W.G. Weyland (Silverio Boj). Buenos Aires: Ediciones
    Estrada, 1946.

Relatos. Ed. y Prol. Antonio Pagés Larraya. Buenos Aires: Editorial Univer-
    sitaria de Buenos Aires, 1962.

Obras completas. Salta, Fundación del Banco del Noroeste, 6 tomos, 1992-99.

Oasis en la vida. Ed. Liliana Zuccotti. Buenos Aires: Ediciones Simurg, 1997.

Dreams and Realities: Selected Fictions of Juana Manuela Gorriti. Ed. Francine
    Masiello, trad. Sergio Weisman. Oxford: Oxford UP, 2003.

*Cincuenta y tres cartas inéditas a Ricardo Palma; fragmentos de Lo íntimo: Buenos
    Aires-Lima 1882-1891*. Ed. Graciela Batticuore. Lima: Univ.
    de San Martín de Porres, 2004.

BIBLIOGRAFÍA SELECTA SOBRE JUANA MANUELA GORRITI:

Alamprese, R. E. *Juana Manuela Gorriti*. Buenos Aires: n.p., 1935.

Batticuore, Graciela. *El taller de la escritora: Veladas Literarias de Juana Manuela Gorriti: Lima-Buenos Aires (1876/7–1892)*. Buenos Aires: Beatriz Viterbo Editora, 1999.

Berg, Mary G. "Juana Manuela Gorriti (1818-1892)", en *Escritoras de Hispanoamérica*. Ed. Diane E. Marting, Pról. Montserrat Ordoñez. Bogotá: Siglo Veintiuno, 1992, 231-245. En inglés en *Spanish American Women Writers*. Ed. D. Marting. Westport CT: Greenwood P, 1990, 226-240.

_____. "Rereading Fiction by 19th Century Latin American Women Writers: Interpretation and Translation of the Past into the Present". *Translating Latin America: Culture as Text*. Eds. William Luis y Julio Rodríguez-Luis. Binghamton NY: State Univ. of NY, 1991, 127-133.

_____. "Juana Manuela Gorriti: inventora de aventuras (Argentina 1818-1892)" en *Las Desobedientes: Mujeres de nuestra América*. Ed. Betty Osorio y María Mercedes Jaramillo. Santafé de Bogotá: Editorial Panamericana, 1997, 131-159. Una versión mas reciente está en http://www.evergreen.loyola.edu/~tward/Mujeres/critica/berg-gorriti.htm

_____. "Viajeras y exiliadas en la narrativa de Juana Manuela Gorriti" en *Mujeres y cultura en la Argentina del siglo XIX*. Ed. Lea Fletcher, Buenos Aires: Feminaria Editora, 1994, 69-79. En http://www.feminaria.com.ar/colecciones/archivos/archivos.asp

Chaca, Dionisio. *Historia de Juana Manuela Gorriti*. Buenos Aires: Imprenta "El Centenario" de Bruno Laria, 1940.

Conde, Alfredo O. *Ideas de Juana Manuela Gorriti*. Buenos Aires: Instituto Cultural Joaquín V. González, 1945.

_____. *Juana Manuela Gorriti*. Buenos Aires: Biblioteca Popular del C. E. XX "Juana Manuela Gorriti", 1939.

Denegri, Francesca. *El Abanico y la Cigarrera: La primera generación de mujeres ilustradas en el Perú 1860-1895*. Lima, Flora Tristán/ IEP, 1996.

_____ "Desde la ventana: Women 'Pilgrims' in Nineteenth-Century Latin-American Travel Literature". *The Modern Language Review* 92: part 2 (April, 1997): 348-362.

Domínguez, María Alicia. *Juana Manuela Gorriti*. Buenos Aires: n.p., 1937.

Efrón, Analía. *Juana Gorriti: Una biografía íntima*. Buenos Aires: Editorial Sudamericana, 1998.

Estrada, Santiago. "Juana Manuela Gorriti". *Misceláneas*. Barcelona: Henrich y Cía., 1889. También como prólogo a *La tierra natal*, por Juana Manuela Gorriti. Apareció primero en in *El Diario*. (Buenos Aires) Nov. 5, 1888.

Fletcher, Lea. "Patriarchy, Medicine and Women Writers in Nineteenth Century Argentina". *The Body and the Text: Comparative Essays in Literature and Medicine*. Ed. Bruce Clarke y Wendell Aycock. Lubbock: Texas Tech UP, 1990, 91-101.

Gamarra, Abelardo M. "Prólogo". *Lo íntimo*. Por Juana Manuela Gorriti. Buenos Aires: Ramón Espasa, 1893. iviii.

Gatica de Montiveros, María Delia. *Juana Manuela Gorriti; Aspectos de su obra literaria*. Santa Fe (Argentina): Imprenta de la Universidad, 1942.

Guerra Cunningham, Lucia. "Visión marginal de la historia en la narrativa de Juana Manuela Gorriti". *Ideologies and Literature* New Series 2: 2 (Fall, 1987), 5976.

Gutiérrez, Juan María. "Nota". *Revista del Río de la Plata* (Buenos Aires) 6, 24 (1873): 499501.

Iglesia, Cristina, compiladora. *El Ajuar de la patria: Ensayos críticos sobre Juana Manuela Gorriti*. Buenos Aires: Feminaria Editora, 1993. Contiene ensayos de Graciela Batticuore, Cristina Iglesia, Josefina Iriarte y Claudia Torre, Francine Masiello, Isabel Quintana, y Liliana Zuccotti. : Ver http://www.feminaria.com.ar/colecciones/archivos/

Masiello, Francine. *Between Civilization and Barbarism: Women, Nation , and Literary Culture in Modern Argentina* Lincoln, NE: Univ. of Nebraska Press, 1992.

Meehan, Thomas C. "Una olvidada precursora de la literatura fantástica: Juana Manuela Gorriti". *Chasqui* 10: 2 3 (feb. mayo 1981), 3 19.

Mercader, Martha. *Juanamanuela, mucha mujer*. Buenos Aires: Editorial Sudamericana. 1980. Muchas ediciones.

Mizraje, María Gabriela. *Argentinas de Rosas a Perón*. Buenos Aires: Editorial Biblos, 1999.

Molina, Hebe Beatriz. *La narrativa dialógica de Juana Manuela Gorriti.* Mendoza: Ed. de la Facultad de Filosofía y Letras de la U Nacional de Cuyo, 1999.

Pagés Larraya, Antonio. "Juana Manuela Gorriti". *Relatos.* Por Juana Manuela Gorriti. Buenos Aires: Editorial Universitaria de Buenos Aires, 1962, 511.

Palma literaria y artística de la escritora argentina Juana M. Gorriti. Buenos Aires: Carlos Casavalle, 1875.

Palma, Ricardo. "Carta a don Julio G. Sandoval". *Veladas literarias de Lima.* Por Juana Manuela Gorriti. Buenos Aires: Imprenta Europea, 1892. vvii.

_____. *La Bohemia de mi tiempo.* Lima: Edición Distribuidora Bendezú, 1971.

Portugal, Ana María. "El Centenario de Juana Manuela Gorriti." *Mujeres en Acción; Isis International,* abril de 1992, 58-60.

Pratt, Mary Louise. *Imperial Eyes: Travel Writing and Transculturation.* London/NY: Routledge, 1992.

Regazzoni, Susanna. "Juana Manuela Gorriti: Notas sobre la disolución del exotismo". Romanticismo 2: Atti del III Congresso sul *romanticismo spagnolo e ispanoamericano* (12 14 Aprile 1974). Intro. Ermanno Caldera. Genoa, Italia: Biblioteca di Lett., 1984, 100 106.

Royo, Amelia, ed. *Juanamanuela, mucho papel: Algunas lecturas críticas de textos de Juana Manuela Gorriti.* Salta, Argentina, Ediciones del Robledal, 1999.

Scott, Nina M. "Juana Manuela Gorriti's *Cocina ecléctica*: Recipes as Feminine Discourse", *Hispania*, mayo de 1992, 310-314.

Sosa, Francisco. "Juana Manuela Gorriti". *Escritores y poetas sud americanos.* Mexico: Oficina Tip. de la Secretaría de Fomento, 1890. 53 68.

– I –

UNA VISITA INESPERADA

U n día, entrando en mi cuarto, encontré una bella joven que estaba aguardándome, y que al verme se arrojó silenciosa en mis brazos.

La espontánea familiaridad de la acción, a la vez que algo en sus graciosas facciones, me revelaban una persona conocida y amada; pero ¿dónde? ¿cuándo? No podía recordarlo.

—¡Qué! –exclamó ella en vista de mi perplejidad–. ¿Hame cambiado tanto el sufrimiento que ya no me conoces?

—¡Laura! ¡Oh, en verdad querida mía, que estás desconocida!; y sin acento en tu voz...

—¡Bendito acento de la patria, que me recuerda al corazón olvidadizo de mis amigos!

—Pero si es que te has vuelto muy bella, niña de mi alma. Cómo reconocer a la enferma pálida, demacrada, de busto encorvado y mirada muerta, en la mujer que está ahí, delante de mí, fresca, rozagante, esbelta como una palma y con unos ojos que...

—¡Aduladora! Si fuera a creer tus palabras, me envaneciera.

—¡Hipócrita! el espejo se las repite cada día. Pero dime ¿qué fue de ti en aquella repentina desaparición? Y ante todo: ¿cómo has recobrado la salud y la belleza?

—Dando mi vida al espacio, y bebiendo todos los vientos. Es una historia larga... Mas, he ahí gentes que te buscan, y vienen a interrumpirnos. Adiós.

—¿Adiós? No, mi señora, que te confisco, hasta que me hayas referido la historia de tu misterioso eclipse.

—¡Bah! si, por lo que veo, no tienes una hora tuya. En el día, entregada a la enseñanza; la noche...

—Es mía.

—La pasas en ruidosas pláticas.

—Sí, para alejar dolorosos pensamientos.

—¡Ah! mi relato es triste, y aumentará tus penas.

—Quizá encuentre analogías que las suavicen.

—¡Imposible! si le has entregado tu alma, y como los borrachos al alcohol, tú atribuyes al dolor toda suerte de virtudes.

—Ya lo ves: he ahí, todavía un motivo para hacerme ese relato.

—¡Y bien! pues lo deseas, escucha... Pero si olvidaba que ahí te esperan media docena de visitas... Yo tengo sueño, acabo de desembarcar y me ha cansado mucho la última singladura. Te dejo. Adiós.

—De ninguna manera. Ya te lo he dicho: estás embargada. ¿No quieres venir conmigo a pasar la velada? Pues he ahí una cama frente a la mía: en ella te acostarás y yo pasaré la noche escuchando la historia de esa faz nebulosa de tu vida.

—¿Como en *Las mil y una noches*?

—Exactamente, aunque con una pequeña modificación, enorme para ti, por supuesto, y es que el ofendido sultán está lejos de su enamorada sultana.

Laura dio un profundo suspiro. ¿Era al recuerdo de las sabrosas lecturas de la infancia, o al del ausente dueño de su destino?

– II –

La fuga

—¿**D**uermes, bella Cheherazada?[9] –dije a Laura cuando le hube contado seis horas de sueño–. Pues si estás despierta, refiéreme, te ruego, esa interesante historia.

—Querida Dinarzada[10] –respondió ella bostezando–, tú eres una parlanchina, y lo contarás a todo el mundo.

—No, que te prometo ser muda.

—Gracias al abate L'Epée[11], los mudos saben escribir.

—Oh bellísima perla del harem, concédeme esta gracia por el amor de tu sultán. ¿Quieres un epígrafe? He aquí el del

Capítulo Primero

"De cómo Laura moribunda recobró la salud y la hermosura por la ciencia maravillosa de un médico homeópata".

—No tal; fui yo que me curé. El doctor era un nulo.

—¡Que culpable ligereza! ¡Ah! ¡cómo puedes hablar así de un

9   *Cheherazada*: Scherezade, la hija del visir y narradora de la mayor parte de *Las Mil y una Noches*, compilación de cuentos árabes tradicionales del Oriente Medio medieval conocida en Occidente por la traducción de Sir Richard Francis Burton (1821-1890)

10   *Dinarzada*: hermana menor de Scherezade

11   *Abate L'Epée*: Miguel de (1712-1789) clérigo y educador francés, creador de la primera escuela pública para sordomudos en 1760 y convertida en escuela real un año más tarde. Con el fin de enseñar la lengua francesa a los sordos creó un sistema de "gestos metódicos" que se agregaban a la lengua de señas de los sordos ya existente. Su método, adaptado eliminando el idioma francés como base, fue ampliamente adoptado

hombre de tan conocido mérito!

—¿En verdad? Pues conmigo desbarró a más y mejor. Sin embargo, fue un aviso suyo que me salvó.

Un día, uno de los peores de mi dolencia, en su interminable charla sobre las excelencias de la homeopatía, recordó la insigne calaverada de un joven cliente suyo, tísico en tercer grado, que apartándose del método por él prescrito, impuso a su arruinado pulmón la fatiga de interminables viajes.

—Y, extraña aberración de la naturaleza —añadió—, aquel prolongado sacudimiento, aquel largo cansancio, lo salvaron; sanó... Pero son esos, casos aislados, excepcionales, que no pueden reproducirse. Aplíquese el tal remedio aquí, donde ya no hay sujeto; y en la primera etapa todo habrá acabado.

Y con sus manazas de largas uñas levantaba mi extenuado cuerpo, y lo dejaba caer en la cama, causándome intolerables dolores.

—No obstante, niña mía —continuó con una sonrisa enfática—, desde hoy comienza usted a tomar para curarse aquello que a otros da la muerte: el arsénico. Arsénico por la mañana, arsénico en la tarde, arsénico en la noche... ¡Horrible! ¿no es cierto? ¡Ah! ¡ah! ¡ah! ¿Ha leído usted *Germana*?[12]

—Sí, doctor.

—Pues encárnese usted en aquella hermosa niña: dé el alma a la fe y abandone su cuerpo a la misteriosa acción del terrible específico, veneno activísimo, y por eso mismo, algunas veces, milagroso remedio.

Hablando así, sacó del bolsillo de su chaleco un papel cuidadosamente plegado; vació su contenido en el fondo de una copa, compuso una pócima, y me mandó beberla. Yo vacilaba, mirando al trasluz la bebida.

—¡Comprendo! —dijo el doctor, viendo mi perplejidad—. Esta niña es de las que no comen porque no las vean abrir la boca. Beba usted, pues.

Y se volvió de espaldas. Yo, entonces, vertiendo rápidamente el líquido en mi pañuelo, exclamé con un gesto de repugnancia:

—¡Ya está! ¡oh, doctor, qué remedio tan desabrido!

—Remedio al fin; que aunque sea un néctar, sabe siempre mal al paladar. Mañana doble dosis; triple, pasado mañana; así enseguida, y

---

12 *Germana*: *Germaine* (1857), novela sumamente popular del autor francés Edmond About (1828-1885).

muy luego, esos ojos apagados ahora, resplandecerán; esos labios pálidos cobrarán su color de grana; esta carne su morbidez, y presto una buena moza más en el mundo, dirá "¡Aquí estoy yo!".

Miróme sonriendo; acarició mi mejilla con una palmadita que él creyó suave, y se fue restregándose las manos con aire de triunfo.

Aquella noche no pude dormir; pero mi insomnio, aunque fatigoso, estuvo poblado de halagüeñas visiones. La imagen del joven tísico restituido a la salud, merced a los largos viajes, pasaba y repasaba delante de mí, sonriendo con una sonrisa llena de vida, y mostrándome con la mano lejanos horizontes de un azul purísimo desde donde me llamaba la esperanza. Y yo me decía "Como en mí, en él también, la dolencia del alma produjo la del cuerpo; y por ello más razonable que el doctor, que atacaba el mal sin cuidarse de la causa, recurrió al único remedio que podía triunfar de ambos: variedad de escenarios para la vida, variedad de aires para el pulmón".

Hagamos como él: arranquémonos a la tiranía de este galeno, que quiere abrevarme de tósigos [13]; cambiemos de existencia en todos sus detalles; abandonemos esta hermosa Lima, donde cada palmo de tierra es un doloroso recuerdo; y busquemos en otros espacios el aire que me niega su atmósfera deliciosa y letal. ¡Partamos!...

¡Partir! ¿Cómo? He ahí esa madre querida que vela a mi lado, y quiere evitarme hasta la menor fatiga; he ahí mis hermanos, que no se apartan de mí, y me llevan en sus brazos para impedirme el cansancio de caminar; he ahí la junta de facultativos, que me declara ya incapaz de soportar el viaje a la sierra.

¿Cómo insinuar, siquiera, mi resolución, sin que la juzguen una insigne locura?... Y, sin embargo, me muero, ¡y yo quiero vivir! ¡vivir para mi madre, para mis hermanos, para este mundo tan bello, tan rico de promesas cuando tenemos veinte años! Mis ojos están apagados, y quiero que, como dice el doctor, resplandezcan; que mis labios recobren su color y mi carne su frescura. Quiero volver a la salud y a la belleza; muy joven soy todavía para morir. ¡Huyamos!

Y asiéndome a la vida con la fuerza de un anhelo infinito, resolví burlar, a toda costa, la solícita vigilancia que me rodeaba, y partir sin dilación.

Forjado un plan fingí esos caprichos inherentes a los enfermos del pecho. Hoy me encerraba en un mutismo absoluto; mañana en pro-

13 *Tósigo*: veneno (de tóxico).

funda oscuridad; al día siguiente pasaba las veinte y cuatro horas con los ojos cerrados. Y la pobre madre mía lloraba amargamente, porque el doctor decía, moviendo la cabeza, con aire profético: "¡Malos síntomas! ¡malos síntomas!".

Y yo, con el corazón desgarrado, seguí en aquella ficción cruel, porque estaba persuadida que empleaba los medios para restituirle su hija.

—Doctor –dije un día, al médico, ocupado con magistral lentitud en componer mi bebida–, ¿sale hoy vapor para el sur?

—Como que del mirador de casa acabo de ver humeando su chimenea.

—Pues entonces, no perdamos tiempo: deme usted pronto mi arsénico; porque hoy me pide el deseo encerrarme durante el día.

—¡Encerrarse!... ¡Pues no está mal el capricho!

—Ciertamente.

—¡Encerrarse!... Y ¿qué tiene de común el encierro con la partida del vapor?

—Quiero recogerme para seguirlo en espíritu, sentada en su honda estela.

—¿Sí? ¡ah! ¡ah! ¡ah!... ¡Desde aquí estoy viendo a la niña hecha toda una gaviota, mecida por el oleaje tumultuoso que tras sí deja el vapor!

—Pues, quisiera en verdad que usted me viese; porque, siempre en espíritu, por supuesto, pienso engalanarme; echar al viento una larga cola; inflar mi flacura con ahuecadas sobrefaldas; ostentar estos rizos que Dios crió, bajo el ala de un coqueto sombrerillo, y calzar unas botitas de altos tacones. Luego, un delicado guante, un saquito de piel de Rusia[14], un velo, a la vez sombroso y trasparente; sobre una capa de cosmético, otro de polvos de arroz, un poco de esfuerzo para enderezar el cuerpo, y usted con toda su ciencia, no reconocería a su enferma.

—¿Sí? ¡Pobrecita!... Aunque se ocultara usted bajo la capucha de un cartujo, había de reconocerla. Qué disfraz resistió nunca a mi visual perspicacia...

Por lo demás, en las regiones del espíritu, nada tengo que ver. Viaje usted cuanto quiera; échese encima la carga descomunal de colas, sobre faldas, lazos y sacos; empínese a su sabor sobre enormes tacos, y dese a

---

14   *Piel de Rusia*: cuero de becerro teñido, curtido con cortezas de sauce, álamo y alerce, de acabado liso y adobado del lado de la carne con una mezcla de aceite de alquitrán de abedul, lo que le otorga un olor característico. Se utiliza para confeccionar objetos de gran calidad.

correr por esos mundos. Pero en lo que tiene relación con esta personalidad material de que yo cuido, ya eso es otra cosa. Quietud, vestidos
ligeros, sueltos, abrigados; ninguna fatiga, ningún afán, mucha obe-
diencia a su médico y nada más.

Alzó el dedo en señal de cómica amenaza, me sonrió y se fue.

—¿Cómo me la encuentra usted hoy, doctor? –preguntó mi
madre, con voz angustiosa, pero tan baja, que sólo una tísica podía en-
tenderla.

—¡Ah! ¿estaba usted escuchando?

—¡Ay! ¡doctor! no tengo valor para estar presente cuando usted
le hace la primera visita, porque me parece un juez que va a pronunciar
su sentencia.

—Ya usted lo ha oído. Esos anhelos fantásticos son endiablados
síntomas de enfermedad... Pero no hay que alarmarse –añadió, oyendo
un sollozo que llegó hasta el fondo de mi corazón– ¡pues qué! ¿no tenemos a nuestro servicio este milagroso tósigo que hará entrar en ese
cuerpecito gracioso, torrentes de salud y vida? Valor pues, y no dejarse
amilanar.

Mientras mi madre se alejaba, hablando con el médico, yo con el
dolor en el alma, pero firme en mi propósito alcéme de la cama, corrí
a la puerta, le eché el cerrojo, y cayendo de rodillas, elevé el corazón a
Dios en una ferviente plegaria. Pedile que me perdonara las lágrimas
de mi madre en gracia al motivo que de ella me alejaba; y que me permitiera recobrar la salud para indemnizarla, consagrándole mi vida.

Fortalecida mi alma con la oración, alcéme ya tranquila y comencé
a vestirme con la celeridad que me era posible.

Sin embargo, aunque el espíritu estuviese *pronto*, la carne estaba
débil y enferma; y más de una vez, el clamor desesperado de Violetta[15]
–*Non posso!*[16]– estuvo en mi labio.

Pero en el momento que iba a desfallecer, la doble visión de la
muerte y de la vida se alzó ante mí: la muerte con sus fúnebres accesorios de tinieblas, silencio y olvido; la vida con su brillante cortejo de
rosadas esperanzas, de aspiraciones infinitas. Entonces, ya no vacilé:
hice un supremo esfuerzo que triunfó de mi postración, y me convenció
una vez más de la omnipotencia de la voluntad humana; pues que no
solamente logré vestirme, sino adornar mi desfallecido cuerpo en todas

---

15   *Violetta*: protagonista de *La Traviata*, ópera de Giuseppe Verdi (1813-1901) basada en la
     obra francesa *La Dame aux Camélias*, de Alexandre Dumas (hijo). El personaje muere a
     causa de la tuberculosis.
16   *Non posso*: (it.) "no puedo".

las galas que había enumerado al doctor. Enseguida, eché sobre mi empolvado rostro ese velo a la vez sombroso y trasparente, abrí la puerta, y andando de puntillas, me deslicé como una sombra al través de las habitaciones desiertas a esa hora.

Iba a ganar la escalera, cuando el recuerdo de mi madre, que allí dejaba; de mi madre, a quien, tal vez no volvería a ver más, detuvo mis pasos y me hizo retroceder. Acerquéme a la puerta de su cuarto, que estaba entornada, y miré hacia dentro. Mi madre lloraba en silencio, con la frente caída entre sus manos.

A esta vista sentí destrozarse mi corazón; y sin la fe que me llevaba a buscar la salud lejos de ella, sabe Dios que no habría tenido valor para abandonarla.

Así, llamé en mi auxilio el concluyente argumento de que menos doloroso le sería llorar a su hija ausente que llorarla muerta; y arrancando de aquel umbral mis pies paralizados por el dolor, bajé las escaleras, gané la calle y me dirigí con la rapidez que mi debilidad me permitía a la estación del Callao, temblando a la idea de ser reconocida.

Afortunadamente, el tren había tocado prevención, y la gente que llenaba las dos veredas, llevaba mi mismo camino, y yo no pude ser vista de frente.

Alentada con esta seguridad, marchaba procurando alejar de la mente los pensamientos sombríos que la invadían: el dolor de mi madre; los peligros a que me arrojaba; el aislamiento, la enfermedad, la muerte...

Al pasar por la calle de Boza, divisé en un zaguán el caballo del doctor; y no pude menos de sonreír pensando cuán distante estaba él de imaginar que su enferma, la de los endiablados síntomas, había dejado la cama y se echaba a viajar por esos mundos de Dios.

De súbito, la sonrisa se heló en mi labio; las rodillas me flaquearon, y tuve que apoyarme en la pared para no caer. Un hombre, bajando el último peldaño de una escalera, se había parado delante de mí.

Era el doctor.

Quedéme lela; y en mi aturdimiento hice maquinalmente un saludo con la cabeza. La aparición de un vestiglo [17] no me habría, ni con mucho espantado tanto en ese momento, como la del doctor. Un mundo de ideas siniestras se presentaron con él a mi imaginación: mis

17   *Vestiglo*: monstruo fantástico horrible.

proyectos frustrados; la fuga imposible, la muerte cercana, el sepulcro abierto para tragar mi juventud con todas sus doradas ilusiones. Sí; porque allí estaba ese hombre que con la autoridad de facultativo iba a extender la mano, coger mi brazo, llevarme en pos suya, arrancándome a mi única esperanza, para encadenarme de nuevo al lecho del dolor, de donde pronto pasaría al ataúd.

Todas estas lúgubres imágenes cruzaron mi espíritu en el espacio de un segundo. Dime por muerta; y cediendo a la fatalidad, alcé los ojos hacia el doctor con una mirada suplicante.

Cuál fue mi asombro cuando lo vi contemplándome con un airecito más bien de galán que de médico; y que luego, cuadrándose para darme la vereda, me dijo con voz melosa:

—¡Paso a la belleza y a la gracia! No se asuste la hermosa, que yo no soy el *coco* [18], sino un rendido admirador.

¡No me había reconocido!

Todavía rehusaba creerlo, cuando le oí decir a un joven que lo había seguido para pagarle la visita:

—La verdad es que he hecho en ella cierta impresión. Buena moza, ¿eh? Y elegante. Precisamente así está soñando vestirse la pobre moribunda de quien acabo de hablar arriba. ¡Mujeres! hasta sobre el lecho de muerte deliran con las galas. En fin, la tísica es joven y bonita; y cada una de esas monadas es para ella un rayo de su aureola; ¡pero las viejas! ¡las viejas, sí señor! ¡ellas también! El otro día ordené un redaño[19] para una sesentona que se hallaba en el último apuro; y al verlo, cuando se lo iban a aplicar, empapado en emoliente, exclamaba que le había malogrado su velo de tul *ilusión*.

Yo escuchaba todo esto, porque el doctor había montado a caballo, y seguía mi camino, hablando con el joven, que venía algunos pasos detrás de mí.

Indudablemente, si como él decía, su presencia me había causado impresión, la mía hizo en él muchísima. No quitaba de mí los ojos; y decía al joven, viéndome caminar vacilante y casi desfallecida de miedo:

—¡Vea usted! hasta ese andar lánguido la da una nueva gracia.

Y al entrar en el portal de la estación, todavía lo oí gritarme:

—Adiós, cuerpecito de merengue. ¡Buen viaje, y que no te deshagas!

---

18   *Coco*: o *cuco*, personaje imaginario de origen español y distribuido por todo Latinoamérica. Bajo la amenaza de que "viniera el CUCO y se lo llevase" se impelía a los niños a un fin determinado.

19   *Redaño*: o crepin, tela del peritoneo que cubre las vísceras de los animales. El de carnero se utilizaba como emplasto para ciertas afecciones.

Se habría dicho que me había reconocido, pero no, aquellas palabras serían sólo flores de galantería que no sé de dónde sacaba.

—¿De dónde? Del abundante repertorio que de ellas tiene todo español.

– III –

La partida

—En fin, tomé boleto y me senté en el sitio menos visible del wagon, que como día de salida de vapor estaba lleno de gente.

Mientras llegaba el momento de partir, los viajeros derramaban en torno mío curiosas miradas, cambiando saludos y sonrisas.

Temblando de ser reconocida entre tantos despabilados ojos, pensaba ocultarme bajo la doble sombra del velo y del abanico.

Un reo escapado de capilla, no teme tanto la vista de la justicia, como yo en aquel momento la de un amigo.

Así, ¡cuál me quedaría, cuando no lejos de mí oí cuchichear mi nombre!

Sin volverme, dirigí de soslayo una temerosa ojeada.

Un grupo de señoras que no podía ver en detal[20], pero cuyas voces me eran conocidas, se ocupaban de mí, señalándome, con esos gestos casi invisibles percibidos sólo entre mujeres.

—¡Es ella! –decía una– ¡ella misma!

—¿Laura? ¡qué desatino! Si está desahuciada –replicaba otra.

—¡Cierto! –añadió una tercera–. El doctor M., que asistió a la

---

20 *En detal*: por menor, menudamente.

última junta, me dijo que ya no era posible llevarla a la sierra, porque moriría antes de llegar a Matucana; y que no comprendía cómo su médico no la mandaba preparar.

Aunque yo sabía todo aquello, pues lo había leído en los tristes ojos de mi madre y cogido en palabras escuchadas a distancia, proferido ahora con la solemnidad del sigilo y la frialdad de la indiferencia, me hizo estremecer de espanto. Las palabras del doctor *"En la primera etapa todo habrá concluido"*, resonaron en mi oído como un tañido fúnebre; el malestar producido por mi debilidad me pareció la agonía; el rápido curso del tren, la misteriosa vorágine que arrebataba el alma en la hora postrera... Hundida, y como sepultada en mi asiento, me había desmayado.

El brusco movimiento impreso por la máquina al detenerse, me despertó del anonadamiento en que yacía.

Nos hallábamos enfrente de Bellavista; la puerta del *wagon* estaba abierta, y varias personas habían entrado y tomado asiento.

Un joven listo y bullicioso que subió el último vino a sentarse cerca de mí, restregándose las manos con aire contento.

—¿Cómo es esto, Alfredo —le dijo al paso uno de los que entraron primero–, hace un momento que te dejé tendido en la cama, tiritando de terciana [21], y ahora aquí?

—¿Quién tiene terciana, cuándo hay esta noche concierto? —respondió aquel, pálido aún y enjugando en su frente gruesas gotas de sudor.

Estas palabras me hicieron avergonzar de mi cobarde postración.

—Pues que éste ha vencido el mal por la esperanza del placer, ¿por qué no lo venceré yo en busca del mayor de los bienes: la salud?

Dije, y enderezándome con denuedo, sacudí la cabeza, para arrojar los postreros restos de abatimiento, abrí el cristal y aspiré con ansia la brisa pura de la tarde.

Aquella fue mi última debilidad.

Al llegar al Callao bajé del tren con pie seguro; y fortalecido el corazón con el pensamiento mismo de mi soledad, me interné fuerte y serena en las bulliciosas calles del puerto.

Tú estarás quizá pensando que, como las doncellas menesterosas del tiempo de la caballería me echaba yo a viajar con la escarcela [22] *desierta*.

21   *Terciana*: fiebre intermitente, que repite el tercer día.
22   *Escarcela*: bolsa que se llevaba pendiente de la cintura.

—En efecto, estábame preguntando cómo se compondría aquella princesa errante para atravesar el mundo, en este siglo del oro, sin otro viático [23] que su velo y su abanico.

Pues, sabe para tu edificación, que yo he tenido siempre el gusto de las alcancías. Había guardado una que tenía ya un peso enorme, como que contaba nada menos que tres años, y se componía sólo de monedas de oro. Para librarla de las tentaciones del lujo habíala confiado a mi tío S., antiguo fiel de la aduana. A ella recurrí, y encontré en su seno una fuerte suma que tranquilizó mi espíritu, bastante inquieto por ese accesorio prosaico, aunque vitalmente necesario de la existencia.

En tanto que me embarcaba –continuó Laura, en las altas horas de la siguiente noche–, y mientras el bote que me conducía a bordo surcaba las aguas de la bahía, iba yo pensando, no sin recelo, en ese mal incalificable, terror de los navegantes: el mareo. Habíalo sufrido con síntomas alarmantes cuantas veces me embarqué, aun en las condiciones de una perfecta salud. ¿Cuál se presentaría ahora, en la deplorable situación en que me hallaba?

Pero yo había resuelto cerrar los ojos a todo peligro; y asiendo mi valor a dos manos, puse el pie en la húmeda escalera del vapor; rehusé el brazo que galantemente me ofrecía un oficial de marina, y subí cual había de caminar en adelante: sola y sin apoyo.

Como mi equipaje se reducía, cual tú dices, a mi velo y mi abanico, nada tenía que hacer, si no era contemplar la actividad egoísta con que cada uno preparaba su propio bienestar durante la travesía.

Sentada en un taburete, con los ojos fijos en las arboledas que me ocultaban Lima, y la mente en las regiones fantásticas del porvenir, me abismé en un mundo de pensamientos que en vano procuraba tornar color de rosa.

Allá, tras de esas verdes enramadas que parecen anidar la dicha, está ahora mi madre hundida en el dolor; ¡y yo que la abandono para ir en busca de la salud entre los azares de una larga peregrinación, en castigo de mi temeridad voy, quizá, a encontrar la muerte!

Absorta en mis reflexiones, no advertía que el verde oasis donde estaban fijos mis ojos se alejaba cada vez más, oscureciéndose con las brumas indecisas de la distancia.

Un rumor confuso de lamentos, imprecaciones y gritos de angustia

23   *Viático*: provisión, en especie o dinero, de lo necesario para el sustento de quien hace un viaje.

desvaneció mi preocupación.

Era la voz del *mareo*.

A quien no conoce los crueles trances de esa enfermedad tan común y tan extraña, no habría palabras con que pintarle el cuadro que entonces se ofreció a mi vista. Diríase que todos los pasajeros estaban envenenados. La imagen de la muerte estaba impresa en todos los semblantes y las ruidosas náuseas simulaban bascas [24] de agonía.

Impresionada por los horribles sufrimientos que presenciaba, no pensé en mí misma; y sólo después de algunas horas noté que entre tantos mareados, únicamente yo estaba en pie.

¿Qué causa misteriosa me había preservado?

Dándome a pensar en ello, recordé que de todos los remedios ordenados para mí por el médico, sólo usé con perseverancia de una fuerte infusión de cascarilla[25].

Parecíame increíble lo mismo que estaba sintiendo y pasé largas horas de afanosa expectativa, temiendo ver llegar los primeros síntomas de aquel mortal malestar. Pero cuando me hube convencido de que me hallaba libre de él, entreguéme a una loca alegría. Rompí el método del doctor, y comí, bebí, corrí, toqué el piano, canté y bailé: todo esto con el anhelo ardiente del cautivo que sale de una larga prisión. Parecíame que cada uno de estos ruidosos actos de la vida era una patente de salud; y olvidaba del todo la fiebre, la tos y los sudores, esos siniestros huéspedes de mi pobre cuerpo.

24 *Bascas*: náuseas.
25 *Cascarilla*: o Quina de Loxa (chinchona quina quina) árbol de América con cuya corteza se elabora un extracto amargo y medicinal.

– IV –

¡Cuán bello es vivir!

Sin embargo, ¡fenómenos capaces de dar al traste con las teorías del doctor y de todos los médicos del mundo! aquellos desmanes, bastante cada uno de ellos para matarme, parecían hacer en mí un efecto del todo contrario. Por de pronto, me volvieron el apetito y el sueño; y cuando al siguiente día, delante del Pisco, hube chupado el jugo de media docena de naranjas, sentí en mis venas tan suave frescor, que fui a pedir al médico de a bordo recontara los cien latidos que la víspera había encontrado a mi pulso. Hízolo, y los halló reducidos a sesenta. El principal agente de mi mal, la fiebre, me había dejado.

Ese día escribí a Lima dos cartas. La una llevaba al corazón maternal gratas nuevas.

"Querido doctor –decía la otra–: Este cuerpecito de merengue, lejos de deshacerse, se fortalece cada hora más. ¡Cuánto agradezco a usted el haberme dado el itinerario de aquel joven nómade que dejó sus dolencias en las zanjas del camino! Espero encontrarlo por ahí, y darle un millón de gracias por la idea salvadora que a él y a mí nos arrebata a la muerte.

Comienzo a creer que llegaré a vieja, amable doctor; pero no tema usted que guarde en mi equipaje los frívolos velos de "tul illusion", ni otras prendas que el denario [26] y las venerables tocas [27] de una dueña[28]".

Al partir de ese día, no pensé más en mi enfermedad; y me entregué enteramente al placer de vivir. ¡Qué grata es la existencia, pasado un peligro de muerte! El aire, la luz, las nubes que cruzaban el cielo, los lejanos horizontes, todo me aparecía resplandeciente de belleza, saturado de poesía.

Desembarcaba en todos los puertos, aspirando con delicia los perfumes de la tierra, el aroma de las plantas, el aliento de los rebaños, el humo resinoso de los hogares. Todo lo que veía parecía maravilloso, y yo misma me creía un milagro.

En Islay y Arica completé mi equipaje de viajera en todo rigor. Un bornoz[29], un sombrero, fresquísima ropa blanca, una maleta para guardarla y un libro de nota. A esto añadí un frasco de *florida* de Lemman y otro de *colonia* de Atkinson, porque sin los perfumes no puedo vivir.

¡Qué contenta arreglaba yo todos estos detalles de nueva existencia! De vez en cuando, llevaba la mano al corazón y me preguntaba qué había sido de ese dolor del alma que ocasionó mi enfermedad. Dormía o había muerto; pero no me hacía sufrir. ¡Ah! ¡él me esperaba después, en una cruel emboscada!

Hasta entonces, aturdida por el torbellino de sensaciones diversas que en mí se sucedían, no me había detenido a pensar hacia dónde dirigía mis pasos. Dejábame llevar, surcando las olas, como la gaviota de que hablaba el doctor, sin saber a dónde iba y si habían pasado seis días. Nos hallábamos en el frente de Cobija, y próximos a entrar en su puerto. Era pues tiempo de tomar una resolución que yo aplazaba con la muelle pereza de un convaleciente. Mas ahora, fuerza era decidirse y optar entre Chile y el árido país que ante mí se extendía en rojas estepas de arena hasta una inmensidad infinita. La elección no era dudosa: ahí estaba Chile con sus verdes riberas, su puro cielo y su clima de notoria salubridad...

Pero ah! más allá de ese desierto que desplegaba a mi vista monótonas ondulaciones; lejos, y hacia las regiones de la aurora existe un sitio cuyo recuerdo ocupó siempre la mejor parte de mi corazón. En él pasaron para mí esos primeros días de la vida en que están frescas todavía las reminiscencias del cielo. A él volví el pensamiento en todas las pe-

---

26   *Denario*: rosario pequeño compuesto por diez cuentas, habitualmente reservado para los viajes.
27   *Toca*: cobertor de cabeza que oculta el cabello y deja visible sólo el rostro.
28   *Dueña*: mujer digna de respeto, por edad o condición social.
29   *Bornoz*: albornoz, especie de capa con capucha utilizada por los árabes.

nalidades que me deparó el desatino, y su encantado miraje [30] ha sido el asilo de mi alma.

¡Vamos allá!

30   *Miraje*: (galicismo) del francés *Mirage*, espejismo.

– V –

Una ciudad encantada

Mientras apoyada en la borda hacía yo estas reflexiones, el vapor había echado el ancla en el puerto de Cobija. Una multitud de botes circulaban en torno, y la yola de la prefectura atracada a la escalera, había conducido a varios caballeros, entre los cuales debía hallarse el prefecto.

No me engañé al señalarlo en un joven apuesto, de simpática fisonomía y modales exquisitos, que aún antes de acercarse al capitán, saludó a las señoras y les ofreció sus servicios con una franqueza llena de gracia. Vino hacia mí, y viéndome sola, ocupada en hacer yo misma los preparativos para ir a tierra, me pidió le permitiese ser mi acompañante, y aceptara la hospitalidad en su casa, donde sería recibida por su hermana, que, añadió con galante cortesía, estaría muy contenta de tener en su destierro tan amable compañera.

Y asiendo de mi maleta, sin querer, por un refinamiento de delicadeza dar este encargo a su ayudante que lo reclamaba, dióme el brazo y me llevó a tierra.

Nunca hubiera aceptado tal servicio de un desconocido; pero las palabras, las miradas y todo en aquel hombre, revelaba honor y generosidad. Así no vacilé; y me acogí bajo su amparo sin recelo alguno. Su hermana, bella niña, tan amable como él, salió a mi encuentro con tan cariñoso apresuramiento, cual si mediara entre nosotras una larga amistad. Me abrazó con ternura, y vi en sus bellos ojos dos lágrimas que ella procuró ocultar, sin duda por no alarmarme; y llevándome consigo, arregló un cuarto al lado del suyo y colocó mi cama junto a la pared medianera para despertarme –dijo– llamando en ella al amanecer.

¿Creo que aún no he nombrado al hombre generoso que me dio tan amable hospitalidad?

—No, en verdad –la dije– pero yo sé que fue el general Quevedo.

—¡Ah! –continuó Laura, con acento conmovido– no solamente yo tuve que bendecir la bondad de su alma: en el departamento que mandaba era idolatrado. Cuando llegó a Cobija encontró un semillero de odios políticos que amenazaba hacer de la pequeña ciudad un campo de Agramante[31]. Quevedo, por medio de agradables reuniones en su casa, de partidas de campo, comedias y otras diversiones, logró una fusión completa; y cuando yo llegué, aquel pueblo asentado entre el mar y el desierto, parecía que encerraba una sola familia. Tal era la fraternidad que reinaba entre sus habitantes.

Nada tan agradable como la tertulia del prefecto en Cobija. A ella asistía el general V., que se hallaba proscrito. Figúrate cuanta sal derramaría con su decir elocuente y gracioso, ya refiriendo una anécdota, ya disertando de política; ora[32] jugando al ajedrez, ora al rocambor[33]. Yo me divertía en hacer trampas en este juego, tan sólo por ver el juicio que de ello él hacía.

Pero el ansia de partir me devoraba. Había encargado que me llamaran un arriero; mas la amable hermana de mi huésped los despedía sin que yo lo supiera, porque deseaba retenerme unos días más a su lado.

En fin, un día concerté mi viaje con uno, como todos los arrieros que trafican en Cobija, vecino de Calama. Pero este arriero tenía diez y siete bestias, sin contar las de silla, y no quería partir hasta encontrar los viajeros suficientes para ocuparlas; y yo ansiosa de partir, a pesar

31 *Campo de Agramante*: Lugar en el que hay mucha confusión y en el que nadie se entiende. La expresión surge de un episodio que sirve como base al poema "Orlando furioso", de Ludovico Ariosto (1474-1533), y se refiere al sitio de París por los sarracenos, en que figuran como jefes Agramante, Sacripante, Rodemonte, el rey Sobrino y otros. Cuando éstos están cerca de apoderarse de la ciudad defendida por Carlomagno, el arcángel San Miguel recibe orden de ir a buscar el Silencio y la Discordia e introducirlos en el Campo de Agramante. El Arcángel encuentra la Discordia en un convento de frailes, donde se hacía la elección del Abad, con cuyo motivo los frailes se estaban arrojando los breviarios a la cabeza; la toma por los cabellos y la lleva al campo de Agramante, se empiezan a pelear los jefes sarracenos unos con otros por lo cual Carlomagno y la ciudad se salvan.

32 *Ora*: adv. ya, sirve para distinguir cláusulas alternativas, ora esto, ora lo otro...

33 *Rocambor*: juego de naipes parecido al trecillo.

de la fraternal hospitalidad que recibía, no sabía a qué santo pedir el milagro de que los encontrara.

Al cabo de algunos días de espera, llegó el vapor del sur, y a la mañana siguiente el arriero vino a decirme que íbamos a marchar, porque había completado su caravana con los viajeros llegados la víspera.

Contenta con la seguridad de partir, salí sola a dar al pueblo un vistazo de despedida.

Próxima a dejarlo, comencé a mirar su conjunto con ojos más favorables. Sus casas me parecieron pintorescas; su aire suave; risueño el cielo; y el mar, arrojándose contra las rocas de aquella árida costa, imponente y majestuoso.

Sentéme sobre la blanda arena de la playa, y me di a la contemplación de ese vaivén eterno de las olas que se alzan, crecen, corren, se estrellan y desparecen para levantarse de nuevo en sucesión infinita.

Y me decía: "¡He ahí la vida! Nacer, crecer, agitarse, morir... para resucitar... ¿Dónde?... ¡Misterio!".

Vagando así el espíritu y la mirada, el uno en los místicos espacios de la vida moral, la otra en el movimiento tumultuoso del océano, vi surgir de repente, allá en el confín lejano del horizonte, y tras una roca aislada en medio de las aguas, que semejaba el cabo postrero de algún continente desconocido, una ciudad maravillosa, con sus torres, sus cúpulas resplandecientes, el verde ramaje de sus jardines, y sus murallas, cuyo doble recinto coloreaba a los rayos del sol poniente.

—¡La *Engañosa*! ¡La *Engañosa*! –oí exclamar cerca de mí; y vi un grupo de pescadores que dejando sus barcas, subían a contemplar aquella extraña aparición.

—Engañosa o no –dijo con petulancia un joven batelero– no está lejos la noche en que yo vaya a averiguar los misterios que encierra.

—¡Guárdate de ello Pedro! –exclamó santiguándose una vieja– no te acontezca lo que al pobre Gaubert, un lindo marinerito francés de la *Terrible*, fragata de guerra que estuvo fondeada aquí.

—Pues, ¿qué sucedió?

—¡Ah! ¡lo que sucedió! Apostó con sus camaradas que iría a bailar un *can-can* bajo esas doradas bóvedas; y al mediar de una noche de luna, soltando furtivamente la yola del capitán, embarcó y dirigió la proa hacia el sitio donde la visión se había ocultado con la última luz de la tarde. Bogó, bogó, y no de allí a mucho divisó un puerto iluminado con luces de mil colores. A él enderezó la barca, sin que lo arredrara un rumor espantoso que de ese lado le llegaba. Acercóse el temerario, empeñado en ganar la apuesta; atracó en un muelle de plata antes que hubiera puesto el pie en la primera grada del maravilloso embarcadero, los brazos amorosos de cien bailarinas aliadas lo arrebataron como un torbellino, en los giros caprichosos de una danza fantástica, interminable, al través de calles y plazas flanqueadas de palacios formados de una materia trasparente, donde se agitaba una multitud bulliciosa en contorsiones y saltos semejantes a los que sus extrañas compañeras hacían ejecutar al pobre Gaubert, compeliéndolo con caricias de una infernal ferocidad...

A la mañana siguiente el cuerpo del lindo marinero fue encontrado playa abajo, contuso y cubierto de voraces mordeduras.

Recogido y llevado a bordo por sus camaradas, murió luego, después que hubo referido su terrible aventura.

Absorta en la magia del miraje y del fantástico relato de la vieja, habíame quedado inmóvil, y la vista fija, como el héroe de su cuento, en la roca donde poco antes se alzara la misteriosa aparición, y que ahora divisaba como un punto negro entre las olas. La noche había llegado, oscura, pero serena y tibia, ofreciendo su silencio a la meditación.

Miré en torno, y tuve miedo, porque la playa estaba desierta, y en la tarde había visto no lejos de allí un hombre que oculto tras un peñasco espiaba las ventanas de una casa; y aunque la persiana de una de ellas se alzara de vez en cuando con cierto aire de misterio que trascendía a amores, de una legua, podía aquello ser también la telegrafía de dos ladrones.

– VI –

Un drama íntimo

A este pensamiento, un miedo pueril se apoderó de mí, alcéme presurosa y me dirigí al pueblo, mirando hacia atrás con terror.

De pronto, mi pie chocó con un objeto que rodó produciendo un ruido metálico. Recogílo, y vi que era una carterita de rusia cerrada con un broche de acero. Parecióme vacía; pero al abrirla, mis dedos palparon un papel finísimo, plegado en cuatro y fuertemente impregnado de verbena...

Aquí, Laura, interrumpiéndose de súbito, alzó la cabeza de la almohada y se puso a mirarme con aire compungido.

—¿A qué vienen esos aspavientos? Ya sé que lo leíste, incorregible curiosa.

—¡Ah! ¿tomas así mi delito? Pues sí, lo leí, lo leí, hija, o más bien, no puede leerlo entonces, porque era de noche, pero me puse a subir corriendo el repecho que por aquel lado separa la playa del pueblo; y a la entrada de la primera calle, bajo un mal farol, desplegué el papel y eché sobre él una ojeada.

Era una carta escrita con una letra fina y bella, pero marcando en la prolongación de los perfiles una febril impaciencia.

Aunque veía perfectamente la escritura fuéme, no obstante, imposible leerla, porque la enfermedad había debilitado mi vista y necesitaba una luz más inmediata. Guardéla en el pecho y me dirigí a la prefectura.

La tertulia ordinaria estaba reunida, pero esta vez con un notable aumento de concurrencia. Era la *cacharpaija*[34] o fiesta del estribo con que el amable prefecto me hacía la despedida.

El centro de la sala estaba ocupada por una magnífica *lancera*[35] en que revoloteaban las más bellas jóvenes de Cobija.

—Permítame la heroína de esta fiesta presentarle una pareja –dijo mi huésped, señalando a un joven alto, moreno, de rizados cabellos y ojos negros de admirable belleza.

—El señor Enrique Ariel pide el honor de acompañar a usted en esta cuadrilla.

Saludé a mi caballero, tomé su brazo y fuimos a mezclarnos al torbellino danzante, que en ese momento hacía el vals.

—Amable peregrina –díjome al paso el general, que jugaba al rocambor en un extremo del salón–, venga usted a hacer la última *trampa*.

—Allá voy, general, pero no se pique usted, si también doy el último *codillo*[36].

—¿Juega usted, señora? –preguntó mi apuesto caballero, con una voz dulce y grave, del todo en armonía con su bello personal.

—Sí, pero muy pocas veces. ¿Y usted, señor?

—Jamás.

—No será usted americano.

—Glóriome de serlo: soy cubano.

—¡Ah! de cierto, cuando yo he llegado, hace cuatro días, usted no estaba aquí todavía.

—He venido por el último vapor.

Hubo algo de tan recónditamente misterioso en el acento con que fue pronunciada esta sencilla frase, que levantó en mi mente un torbellino de suposiciones a cuál más fantástica.

¿Era un contrabandista? ¿era un espía? ¿era un conspirador?

34 *Cacharpaya*: danza colectiva, del género huayno de origen precolombino. La coreografía es de formación en hilera tomada de la mano. En algunos lugares es danza de pareja mixta, tomada del brazo, manteniendo siempre figuras de caracol, círculos y formas serpenteadas. Es tradicional durante el cierre de los carnavales.

35 *Lancera*: o lanceros, contradanza de salón de origen francés que arma figuras en forma cuadrada.

36 *Dar codillo*: en el juego del tresillo jugada perdedora por haber hecho otro jugador más bazas.

Pero el baile tomó luego un carácter bulliciosamente festivo y desterró aquellas quimeras.

Aquella noche, al desnudarme, ya sola en mi cuarto, sentí caer un papel a mis pies. Era la carta de letra fina y prolongados perfiles.

Abríla con culpable curiosidad, lo confieso, y leí en renglones manchados con lágrimas:

> "Oculta en el recinto claustral que debe encerrarme, aun a bordo de un vapor, no te veía, pero sentía tu presencia cerca de mí. Nunca, desde el día fatal que nos unió y nos separó para siempre, nunca más te aproximaste a mí, y, sin embargo, reconocía tus pasos. Jamás oí el acento de tu voz, y no obstante, el corazón sabía distinguirla entre el rumor de bulliciosas pláticas... ¡mezclado muchas veces a voces alegres de mujeres, cuyas risas llegaban a mí como los ecos de la dicha al fondo de una tumba!
>
> Oh tú, a quien debo arrojar del pensamiento, en nombre de la paz eterna, único bien que me es dado ya esperar, cesa de seguirme. ¿Qué me quieres? Tú caminas en la senda radiosa de la vida, yo entre las heladas sombras de la muerte. Aléjate: no turbes más mi espíritu con las visiones de una felicidad imposible que tienen suspendida mi alma entre el cielo y el abismo".

¿Por qué al leer esta misteriosa carta pensé a la vez, y reuniéndolos en una sola personalidad, en el hombre del peñasco y en mi bello acompañante de cuadrilla?

Encargué a la amable hermana del prefecto la misión de buscar al dueño de la cartera, confiando a su discreción el secreto del extraño drama que encerraba.

El alba del siguiente día me encontró de viaje y lista para la marcha. El arriero vino a buscarme con mi caballo ensillado, y quiso cargar conmigo; pero mis huéspedes lo despidieron, asegurándole que ellos me llevarían a darle alcance.

En efecto, después de un verdadero almuerzo de despedida, esto es: mezclado de sendas copas de cerveza, al que asistió el general V., éste, el prefecto y su hermana montaron a caballo para acompañarme.

Cuán doloroso es todo lo que viene del corazón. Bien dijo el poeta que lo llama tambor enlutado que toca redobles fúnebres desde la cuna hasta la tumba. Mi amistad con la bella hermana del prefecto tenía apenas cinco días de existencia, y ya el dolor de dejarle me hacía derramar lágrimas que caían en la copa que bebía y hacían decir al general V., cuyo fuerte no es la sensibilidad, que estaba borracha.

Al salir del pueblo vimos venir un jinete corriendo a toda brida, que pasó a nuestro lado como una exhalación y se perdió en sus revueltas callejuelas.

—Éste es uno de los viajeros que acaban de salir con el arriero de usted –dijo el general V.–. Algo grave les habrá sucedido.

Pero a media hora de marcha los alcanzamos caminando a buen paso y al parecer sin incidente alguno.

Había llegado el momento de la separación. Profundamente enternecida tendí la mano al generoso prefecto que tan noble hospitalidad me dio y abracé llorando a su preciosa hermana, cuyas lágrimas se confundieron con las mías.

El general V., pidiendo su parte en la despedida, puso fin a aquella escena.

Quedéme sola entre mis nuevos compañeros de viaje. Eran éstos cuatro hombres y dos señoras. Una de ellas vestía amazona de lustrina plomiza estrechamente abotonada sobre su abultado seno. La otra, esbelta y flexible, envolvíase en una larga túnica de cachemira blanca, cuya amplitud no era bastante a ocultar su gentil apostura. Cubrían su rostro dos velos, uno verde, echado sobre otro blanco que caía como una nube en torno de su cuerpo, y a cuyo trasluz se entreveía el fulgor de dos grandes ojos negros que se volvían hacia atrás con visibles muestras de inquietud.

Intimidada por la frialdad natural en el primer encuentro de personas extrañas entre sí, me refugié al lado del arriero.

—Señor Ledesma –le dije–, usted que es el director de la caravana, ¿por qué no me ha presentado a mis compañeros de viaje?

—¡Eh! niña –respondió, con una risa estúpida– ¿qué sé yo de todas esas *ceremonias*? ¿Ni para qué? Las gentes se dicen "buenos días" ¡y andando!

El galope de un caballo interrumpió a Ledesma en su curso de urbanidad.

La joven de la larga túnica blanca volvió vivamente la cabeza, a tiempo que desembocando de una encrucijada, el jinete que poco antes corría hacia el puerto, se plantó en medio del grupo.

Era un hombre de cincuenta años, alto, delgado, tieso, con un largo bigote gris que pregonaba el militarismo, parlante por demás en toda su persona.

—¡Qué tal! –exclamó con aire de triunfo, enseñando un reloj que llevaba abierto en la mano– ¡qué tal, doctor! Tres cuartos de hora me han bastado para ir y volver del puerto con esta prenda olvidada. Señores –añadió paseando una mirada en torno–, ¿he ganado o no al doctor Mendoza su petaca de habanos?... ¡Ah!... –exclamó reparando en mí de pronto– ¡nuestra compañera de viaje!... Señora, permítame usted el honor de presentarle a Fernando Villanueva, su servidor.

Y tendiendo la mano hacia las señoras:

—Doña Eulalia Vera, mi esposa, *sor* Carmela, mi hija.

Y a éste último nombre, su acento ligero y petulante se tornó sombrío y doloroso.

Saludé a mi vez, pero en tanto que hacía cumplidos a la una, mis ojos no se apartaban de la otra; y mientras don Fernando Villanueva, continuando su presentación, decía:

—El señor Vargas, gobernador de Calama; los señores Eduardo y Manuel, sus hijos; el doctor Mendoza, una de las más luminosas antorchas de la ciencia –yo apenas lo escuchaba.

—¡*Sor*! –murmuraban mis labios, contemplando a la misteriosa joven que marchaba a mi lado, envuelta en su vaporosa túnica, ¡*sor*! ¡una monja!

Y la luz que al través del doble velo irradiaban aquellos ojos negros parecía alumbrar en mi mente las ardientes palabras de la carta que había leído la víspera; y siempre la imagen del bello cubano venía a mezclarse a la romántica leyenda que forjaba mi fantasía.

Laura se interrumpió de repente.

—¿Ves ese rayo blanco que da a las cortinas de la ventana la apariencia de un fantasma?

—Sí.

—¿Qué es?

—El día.

—Ya ves que me has tratado con más crueldad que el sultán de marras: no me dejas una hora de sueño... Pero yo me la tomaré –añadió arrebozándose en la sábana–, ¡hasta mañana!

Y se quedó profundamente dormida.

—Peregrina del desierto de Atacama –dije a Laura al mediar de la siguiente noche– pues que el afán del ánimo te impide dormir, prosigue tu narración y háblame de esa hechicera sor Carmela que está preocupando mi mente.

—Caminaba silenciosa la bella monja, mientras su padre, expansivo hasta la indiscreción, me refería su historia.

Era chileno, y uno de los veteranos de la independencia, en cuyos ejércitos había combatido siendo aún muy joven. Retirado del servicio, habíase establecido en Santiago donde se casó y logró hacer fortuna.

—¡Cuán feliz era yo! –dijo, ahogando un suspiro–. ¡Fuéralo siempre –añadió en voz baja– si aquella horrible catástrofe que el ocho de diciembre enlutó a Chile[37], no me hubiese arrebatado el mayor de los bienes, mi hija!

—¿Qué –le dije– pereció allí alguna hija de usted?

—No, pero murió para mí –respondió, señalando a Carmela.

Ella y su madre se encontraban en el templo cuando estalló el voraz incendio. Una mano desconocida las arrebató a la vorágine de fuego que las envolvía, y mis brazos, que pugnaban por abrir paso en aquel océano de llamas, las recibieron sanas e ilesas, sin que me fuera posible descubrir al salvador generoso que las arrancó a la muerte.

¡Juzgue usted cuál sería mi gozo al estrecharlas otra vez en mi seno!

Pero este gozo se cambió en amargo pesar.

Mi hija, cuyo carácter era vivo, alegre, apasionado, tornóse desde aquel día silenciosa y triste. Con frecuencia sorprendía lágrimas en sus ojos, y poco después me declaró que deseaba abandonar el mundo para consagrarse a Dios.

Vanos fueron nuestros ruegos: lloraba con nosotros y persistía siempre en su resolución.

Entró, en fin, al convento y tomó el velo.

Tuve esperanza de que desistiera durante el noviciado, en el que parecía entregada a una profunda melancolía; pero me engañaba, pasado éste, profesó.

Desde entonces, mi casa, la ciudad, el mundo, me parecieron un desierto. Cobré odio a mi país, y cuando un pariente lejano, residente

---

37 Se refiere al incendio ocurrido el 8 de diciembre de 1863 en la iglesia de la Compañía de Jesús, durante la fiesta de la Inmaculada Concepción y estando atestada de fieles, donde según las crónicas perecieron gran parte de las dos mil madres e hijas de las familias de la sociedad chilena, miembros de las *"hijas de María"*

en la provincia de Salta me dejó sus bienes con la precisa condición de ir a establecerme allí, aproveché con gusto esta circunstancia para abandonar sitios que me recordaban mi perdida ventura.

Pío IX, a quien tuve ocasión de conocer y tratar durante su permanencia en Chile, me concedió una bula de traslación para que mi hija pasara de su convento al de las Bernardas de Salta, a fin de que, si bien separados para siempre, podamos al menos respirar el mismo aire y vivir bajo el mismo cielo. Hela ahí, todavía entre nosotros, remedando para mí la dicha del pasado. ¡Por eso estoy tan contento! Este simulacro de mi vida de otro tiempo es para mí una ráfaga de felicidad.

Mientras don Fernando me refería la historia de sus penas, habíamos llegado a Colupo, donde debíamos pasar la noche.

Don Fernando ayudó a su señora a desmontar del caballo; y al prestar igual servicio a su hija, estrechóla entre sus brazos con doloroso enternecimiento.

La gentil religiosa besó furtivamente a su padre en la mejilla, y recatándose bajo sus velos, fue a sentarse en el rincón más apartado del *tambo*[38]. Su madre, dejó caer el embozo, y me mostró un rostro hermoso, aunque profundamente triste. Sentada cerca de su hija, con las bellas manos cruzadas sobre su pecho y los ojos fijos en ésta, parecía la *Mater Dolorosa* al pie de la cruz.

El miserable *tambo* que nos alojaba contaba apenas tres cuartos. En el primero colocaron sus camas don Fernando y su esposa; ocuparon el segundo el doctor Mendoza, el gobernador y sus hijos; sor Carmela y yo nos encerramos en el último.

Fuéme dado entonces contemplar de cerca el rostro de la monja, cuya belleza me deslumbró. Nunca vi ojos tan bellos, ni boca tan graciosa, ni expresión tan seductora. En aquellos ojos ardía la pasión, y aquella boca parecía más bien entreabierta a los besos que a los *oremus*.

—¡Calla, profana! En tus peregrinaciones has aprendido un lenguaje por demás inconveniente.

—¿En verdad?

—Sí, pero prosigue.

—Carmela guardó de pronto conmigo una tímida reserva; pero es imposible que dos jóvenes estén una hora juntas sin que la confianza se establezca entre ellas. Yo hice los primeros avances, que encontraron

38   *Tambo*: del Quichua *Tampu*, establecimiento dedicado a la explotación de vacas lecheras; también albergue o almacén de campaña.

un corazón ansioso de expansiones, y muy luego habríase dicho que nuestra intimidad databa de años.

—¡Ah! –díjele aquella noche, viéndole desnudarse, y que al quitar su toca dejó caer sobre sus hombros un raudal de bucles negros– ¿por qué, bellísima Carmela, has arrebatado al mundo tantos inestimables tesoros? ¿Qué te pudo inspirar el lúgubre pensamiento de encerrarte viva en una tumba?

—¡Un voto! –respondió la monja con sombrío acento–, un voto formulado en lo íntimo del alma, a una hora suprema, entre los horrores de la muerte.

—¡Oh! ¡Dios!

—Escucha... Vas a saber lo que oculté siempre a los míos por no agravar su pena, el motivo que me llevó al claustro en el momento en que la vida me abría sus dorados horizontes, poblados de ardientes ilusiones...

Orábamos en el templo mi madre y yo una noche de fiesta. La anchurosa nave apenas podía contener en su seno la inmensa multitud que había reunido allí el culto sagrado de María. El aire estaba saturado de incienso, el órgano hacía oír su voz majestuosa en deliciosas melodías.

De repente, a la luz azulada de los cirios sucedió la rojiza luz del incendio que se extendió con voraz actividad envolviéndolo todo en un océano de llamas. Un grito espantoso, exhalado por millares de voces resonó en las inflamadas naves; y la multitud, loca de terror, se arremolinó en tumultuosas oleadas, obstruyendo todas las puertas, inutilizando todo medio de salvación.

Arrebatadas por la apiñada muchedumbre que se agitaba en un vaivén formidable, abrasadas por el calor, asfixiadas por el humo, mi madre y yo nos teníamos estrechamente enlazadas. Y el fuego acrecía y los inflamados artesones de la bóveda comenzaron a caer, formando piras gigantescas de donde se exhalaba un olor sofocante.

En ese momento extremo, viendo a mi madre próxima a perecer entre las torturas de una muerte horrible, mi alma, elevándose a Dios en una aspiración de fe infinita, dejó al pie de su trono una promesa que él acogió en su misericordia...

—El resto lo dijo una mirada de amor inmenso que los bellos ojos de la monja enviaron a lo lejos al través del espacio.

He ahí –continuó– el voto que me ha arrebatado a todas las afecciones del mundo; he ahí por qué en la aurora de la vida, a la edad de los dorados ensueños he arrancado a mi frente su blanca guirnalda de rosas para cubrirla con el sudario de la muerte...

Sor Carmela se interrumpió y ocultó el rostro bajo los pliegues de su velo quizá para llorar... ¡tal vez para blasfemar!

Todo me lo había dicho, menos la historia de su amor; de su amor, del que tenía yo ahora una entera convicción.

Picóme aquella reserva extemporánea en una hora de expansión.

—¡Ah! –dije, cediendo más que a un movimiento de conmiseración, a un arranque de impaciencia– cuando sacrificabas así, juventud, belleza, libertad, ¿no pensaste que hundías también un alma en la desesperación?

—¡La mía! –articuló la religiosa con trémulo acento.

—La de aquel que te libró de las llamas.

Carmela se estremeció y sus ojos brillaron al través de su velo con una mirada inefable de amor.

Vaciló todavía; pero luego inclinando su velada frente cual si se encontrara a los pies de un confesor:

—¡Ah! –exclamó– esa hora terrible para mí la hora del destino. En el momento en que me consagraba a Dios para siempre, un hombre a quien no había visto sino en un desvarío ideal del pensamiento, apareció de repente ante mí. Vílo surgir de entre los torbellinos de llamas; y cuando creyéndolo el fantasma de mis sueños, cerraba los ojos para llevar su recuerdo como el último perfume de la tierra, sentíme arrebatar entre sus brazos al través del incendio, sobre los montones de cadáveres y las cabezas apiñadas de la multitud...

Al despertar de un largo desmayo encontréme recostada en el seno de mi madre. Nuestro salvador había desaparecido; pero yo hallé su imagen en mi corazón... ¡en este corazón que acababa de consagrarte para siempre, Dios mío!...

¡Ah! –continuó sor Carmela, elevando al cielo sus magníficos ojos negros– ¡tú sabes que he combatido, Señor! Tú sabes que he combatido no sólo mi amor sino el suyo: tú sabes que he vencido; pero, tú que me diste la fuerza ¿por qué no me das la paz? ¡la paz, el único bien que se pide para los que hemos muerto para la vida!

Carmela pasó la noche sentada, inmóvil y la frente apoyada en las manos.

Pero al amanecer, sintiendo los pasos de su madre que venía a buscarla, alzóse presurosa; rechazó el dolor al fondo del corazón, dió a su semblante un aire festivo y salió a recibirla con los brazos abiertos y la sonrisa en los labios.

¡Aquella alma heroica quería sufrir sola!

Dos días después de nuestra partida de Cobija, al acabar una calorosa jornada, comenzamos a ver elevarse en el horizonte las verdes arboledas de Calama, fresco y refrigerante oasis en aquel árido desierto.

Llegamos al pueblo muy contentos de respirar los frescos aromas de la vegetación, que tanto necesitaban nuestros pulmones sofocados por la ardiente atmósfera de los arenales.

Pero he ahí que en el momento que desmontábamos en el patio de la casa de postas, sor Carmela, exhaló un grito y cayó desmayada en mis brazos.

Sus padres se alarmaron con aquel accidente que no sabían a qué atribuir: no así yo, que detrás un grupo de árboles que sombreaba el patio había visto cruzar un hombre cuya silueta, a pesar de la oscuridad del crepúsculo, me recordó la figura arrogante de Enrique Ariel.

En efecto, a la mañana siguiente, el bello cubano se presentó a nosotros anunciándose como un compañero de viaje para ir –añadió–, mucho más lejos, pues se dirigía a Buenos Aires.

Al verlo, sor Carmela estrechó convulsivamente mi mano, y en sus bellos ojos se pintaron a la vez el gozo y el terror.

Desde ese día el viaje se tornó para la joven religiosa en una serie de emociones dulces y terribles, que, como lo decía su misteriosa carta al explicar su situación, tenían suspendida su alma entre el cielo y el infierno.

Y yo, paso a paso y trance a trance iba siguiendo aquella romántica odisea que bajo las apariencias del más severo alojamiento se desarrollaba desapercibida para los otros, en esas dos almas enamoradas, teniendo por escenario el desierto con sus ardientes estepas, sus verdes oasis y su imponente soledad.

¡Cuántas veces, con el corazón destrozado, todavía por las penas de un amor sin ventura, me sorprendí no obstante, envidiando esa felicidad misteriosa y sublimada por el martirio!...

Y así pasaron los días y las leguas de aquel largo camino al través de los abrasados arenales de Atacama y los nevados picos que se elevan sobre la Quebrada del Toro.

– VII –

¡La patria!

En fin, las montañas comenzaron a perfilarse en curvas más suaves, cambiando su gris monótono en verdes gramadales donde pacían innumerables rebaños, unos luciendo sus blancos toisones [39], otros su pelaje lustroso y abigarrado. El espacio se poblaba de alegres rumores, una brisa tibia nos traía, en ráfagas intermitentes, perfumes que hacían estremecer de gozo mi corazón...

Una tarde, cuando el sol comenzaba a declinar, llegamos a un paraje donde aquellos herbosos cerros, abriéndose en vasto anfiteatro, dejaron a nuestra vista un valle cubierto de vergeles bajo cuya fronda blanqueaban las azoteas de una multitud de casas, de donde sus habitantes nos llamaban, agitando en el aire chales y pañuelos. Benévolas invitaciones que conmovieron a mis compañeras.

Aquel delicioso lugar era el valle de la Silleta.

El deseo de adelantar camino hacia el término de nuestro viaje, nos impidió aceptar la graciosa hospitalidad de aquellas amables gentes; y alumbrados por los últimos reflejos del crepúsculo, seguimos la marcha por aquellos poéticos senderos cubiertos de perfumada fronda, que parecían delirios de la fantasía a quien no conociese el esplendor de

39   *Toisón*: (fr.) cuero de carnero curtido con su lana.

aquella hermosa naturaleza.

Era ya noche. Habíamos dejado atrás, hacía largo rato, los blancos caseríos de la Silleta, con sus floridos vergeles, y caminábamos bajo un bosque de árboles seculares, que enlazando sus ramas, formaban sobre nuestras cabezas una bóveda sombría, fresca, embalsamada, llena de misteriosos rumores.

Profundo silencio reinaba entre nosotros.

Parecíamos entregados a la contemplación de aquel nocturno paisaje; pero en realidad callábamos porque nos absorbían nuestras propias emociones.

El arriero guiaba; seguíalo don Fernando con los brazos cruzados sobre el pecho y la cabeza inclinada. Cerca de él iba su esposa recatando sus lágrimas. Tras de mí venía la joven monja, envuelta en su largo velo, blanca y vaporosa como una visión fantástica. Favorecido por la oscuridad, Enrique se había acercado a ella, y caminaba a su lado.

El doctor Mendieta venía el último, silencioso también, pero su meditación era de distinto linaje. Cerníase en las serenas regiones de la ciencia y si bajaba a la tierra, era para buscar en el acre perfume de la fronda el olor de las plantas cuyas maravillosas propiedades conocía.

Así pasaron las horas; horas que no contamos, absorbidos en honda preocupación.

De repente comenzó a clarear el ramaje y el espléndido cielo de aquellas regiones apareció tachonado de estrellas.

Habíamos entrado en un terreno que descendía en suave declive, flanqueado por setas [40] de rosales que cercaban innumerables vergeles. El suelo estaba cubierto de yerbas y menudas florecillas cuyo aroma subía a nosotros en el aura tibia de la noche. Una multitud de luciérnagas cruzaban el aire, cual meteoros errantes; los grillos, las cigarras y las langostas verdes chillaban entre los gramadales; los *quirquinchos*[41], las vizcachas[42], las iguanas y los zorros atravesaban el camino enredándose en los pies de nuestros caballos; y a lo lejos, las vacas mugían en torno a los corrales al reclamo de sus crías.

En aquella naturaleza exuberante, la savia de la vida rebosaba en rumores aun entre el silencio de la noche.

En fin, al dejar atrás la extensa zona de huertos, entramos en una llanura cercada de ondulosas colinas y cortada al fondo por el cauce de

40   *Setas*: sic. en el original. Probablemente se trate de "setos", cercados de varas o ramas entretejidos formando pared.
41   *Quirquincho*: armadillo de tres bandas, también llamado quirquincho bola.
42   *Vizcacha*: roedor comestible (Lagostomus maximus).

un río que blanqueaba como una cinta de plata a la dudosa claridad de las estrellas. Más allá, una masa confusa de luces y sombras agrupábase al pie de un cerro cuya silueta inolvidable se dibujaba en la azul lontananza del horizonte.

¡Aquel cerro, y aquel hacinamiento de luces y sombras era el San Bernardo y nuestra bella ciudad!...

Sí, bella, a pesar de tu risa impía; bella con sus casas antiguas, pero pobladas de recuerdos; con sus azoteas moriscas y sus jardines incultos, pero sombrosos y perfumados; con sus fiestas religiosas, sus procesiones y sus cantos populares...

¡Oh! hermosa patria, ¡cuántos años de vida diera por contemplarte, aunque sólo fuera un momento, y como entonces te apareciste a mí, lejana, y velada por la noche, y cuántos daría esa alma desolada que ríe por no llorar!

En cuanto a mí, una mezcla extraña de gozo inmenso y de inmensa pena invadió mi corazón. Allí, entre aquellos muros, bajo esas blancas cúpulas, había dejado diez años antes, con las fantasías maravillosas de la infancia, los primeros ensueños de la juventud, rosados mirajes en cuya busca venía ahora para refrescar mi alma dolorida. ¿Volvería a encontrarlos?

Fijos los ojos en la encantada visión, no podía hablar porque mi voz estaba llena de lágrimas.

El anciano, deteniéndose de pronto, tendió el brazo en aquella dirección y exclamó: ¡Salta!

Y aplicando media docena de latigazos a sus fatigadas mulas, echó a andar con ellas hacia la pendiente formada por un sendero tortuoso que serpeaba hasta la orilla del río.

—¡Hemos llegado! —exclamó don Fernando, con acento doloroso.

La pobre madre ahogó un gemido: pensaba en la hora llegada ya, de la separación.

—¿Qué hacer, amiga querida? —le dijo su marido— ¡qué hacer, sino conformarnos con lo irrevocable! Al menos, nuestra hija descansará de las fatigas de este penoso viaje.

—¡En la tumba! —murmuró Carmela.

—¡No! —replicó Ariel, que a favor de la oscuridad permanecía a su lado— no, amada mía; porque entre ti y esa tumba que te aguarda está mi amor. El voto que nos separa es un voto sacrílego que Dios no acepta: en él le consagrabas una alma que era ya mía y al entrar en el santuario del amor divino llevabas el corazón destrozado por los dolores de un amor humano. ¿Crees tú que Dios apruebe ese estéril sacrificio, que sin darte a él condena dos seres que se aman a una eterna desesperación?... ¡Carmela! ¡Carmela! ¡he ahí esos negros muros que van a robarte a mi vista para siempre! ¡Ah! ¡déjame arrebatarte en mis brazos, como en aquella noche terrible, para llevarte lejos de un país de fanáticas preocupaciones, a otro donde reinan el derecho y la libertad!...

—¡Cesa! –interrumpió la joven religiosa con triste pero firme acento– cesa de fascinar mi espíritu con los mirajes de la dicha, celestes resplandores que oscurecen más las tinieblas que me cercan. Más fuerte que la religión hay otro poder que eleva entre nosotros su inflexible ley: ¡el honor! La ley del honor es el deber. Yo me debo al claustro: ¿No estoy consagrada a Dios? Tú te debes a tu patria: ¿No eres uno de sus *Laborantes*?[43] ¿no recorres la tierra buscando simpatías para su santa causa? ¡Oh, Enrique! sigamos el camino que el deber nos traza; y, como ha dicho mi padre, inclinémonos ante lo irrevocable. Mira ese cielo, que en cada una de sus estrellas nos guarda una promesa de amor inmortal: ¡Allí te espero!...

Y temiendo sin duda, su propia debilidad, la pobre Carmela se apartó de su amante y fue a colocarse al lado de su madre.

Entretanto, la masa de sombra, que divisamos en lontananza, se aproximaba; de su seno surgían muros, torres, cúpulas. Muy luego el tañido de las campanas llegó a mi oído como el eco de voces amadas que me llamaran.

Atravesamos el río, ese poético río de Arias, de bulliciosa corriente. Poblábanlo multitud de hermosas nadadoras que, envueltas en sus largas cabelleras, tomaban el último baño a la luz de las estrellas.

¡Qué dulces y dolorosos recuerdos! ¡Cuántas de esas bellas jóvenes que triscaban entre las ondas, serían mis antiguas compañeras de juegos en ese mismo río, que yo atravesaba ahora desalentado el ánimo y el corazón dolorido!

Vadeado el río, no fui ya dueña de mi emoción. Pagué al arriero, tomé mi saco de noche, y dando un adiós rápido a mis compañeros, subí corriendo hacia la ciudad cuyas calles divisaba ya, anchas, rectas y tris-

---

43   *Laborante*: nombre que se daba a los independentistas cubanos que conspiraban contra España.

temente alumbradas por la luz roja del petróleo.

Admiróme cuanto en tan pocos años se había extendido la población por aquel lado. Encontré barrios enteramente nuevos, en cuyas revueltas me extravié.

– VIII –

La vuelta al hogar

Hacía una hora que estaba atravesando las calles sin reconocerlas. Todas sus antiguas casas habían desaparecido, y en su lugar se alzaban otras de un nuevo orden de arquitectura.

El imborrable recuerdo de su tipografía pudo solo guiarme en el interior de la ciudad, y orientándose de este modo, llegué a la plaza de la Merced, y me encontré delante de la vetusta morada de mis abuelos, habitada ahora sólo por mis dos tías, solteronas casi tan viejas como ella.

Con el corazón palpitante de una alegría dolorosa, atravesé aquel umbral que diez años antes pasara para alejarme, llena el alma de rosadas ilusiones, de dorados ensueños que el viento de la vida había disipado...

Una luz moribunda alumbraba el antiguo salón cuyo mobiliario se componía de grandes sillones de cuero adornados con clavos de metal; seis espejos de cornucopia[44], y en el fondo un estrado cubierto de una mullida alfombra y media docena de sillitas pequeñas colocadas en forma de diván.

Al centro del estrado, sentadas sobre cojines de damasco carmesí alrededor de una mesita baja, apetitosamente servida, mis tías se pre-

---

44   *Cornucopia*: adorno o mueble, por lo común de madera tallada y dorada, el cual tiene en la parte de abajo uno o más mecheros para poner bujías e iluminar algún sitio. En el centro suelen tener un cristal azogado (espejo) para que la luz reverbere.

paraban a cenar.

Una bujía puesta en una palmatoria[45] de plata y colocada entre las dos señoras, formaba en torno de ellas una zona luminosa, dejando en tinieblas el resto del salón.

Mis tías, cuya vista y oído se habían debilitado mucho, no me vieron ni sintieron mis pasos, sino al momento en que llegaba deshalada[46] a echarme en sus brazos, exclamando:

—¡Tías! ¡tías mías! –asustándolas de suerte, que me rechazaron con un grito de espanto.

Luego, reponiéndose, y como avergonzada:

—¡Oh, señorita! –exclamó mi tía Úrsula, disimulando apenas su disgusto– ¡nos ha hecho usted un miedo horrible!... Pero... siéntese usted, siéntese... ¿En qué podemos servirla?

—¡Cómo! –díjelas, con las lágrimas en los ojos, resentida y apesarada por aquella acogida tan fría– Tías mías, ¿no me reconocen ustedes ya? ¿no reconocen a Laura?

—¡Laura! –exclamaron a la vez las dos señoras, en el colmo de una profunda admiración.

—¡Bah! –añadió mi tía Ascensión–. Sin duda quiere usted burlarse de nosotras...

—¡Pero, en nombre del cielo! ¿no me parezco ya a esa Laura que partió hace diez años de esta casa un día nueve de enero, llorada por sus tías, para ir a reunirse con su madre en Lima?

—¡Ah! si se trata de una semejanza ya eso es otra cosa –repuso la misma tía Úrsula; porque la otra estaba contemplándome silenciosa, y con un airecillo entre burlón y desdeñoso, como pasmada de mi audacia.

—Pero en fin –añadió la otra–, usted es forastera, y acaba de llegar, a juzgar por el traje que lleva. Siéntese usted, hija mía... aquí, a mi lado, en el cojín.

¿Viene usted del Perú? ¿ha conocido allá a Laura? ¡Háblenos usted de aquella querida niña del alma!

La obstinación de mis tías en desconocerme, me apesadumbró mucho más de lo que se hubiera podido pensar. ¿Tanto me había desfigurado la enfermedad que ya nada quedaba de mí misma? ¡Oh! ¡cuán fea me había puesto que mis tías, aun habituadas a sus rostros de-

---

45 *Palmatoria*: especie de candelero con mango que sobresale del borde.
46 *Deshalado*: (sic. En el original) *desalada*, de desalarse, andar o correr con suma aceleración, arrojarse con ansia a alguna persona.

vastados por la edad me miraban con tan despreciativa conmiseración!

Absorbida por estas amargas reflexiones, no sé qué respondí a mi tía, y me senté a su lado muda, abatida, inmóvil.

Aprovechando de mi abstracción, "¡Ay! ¡niña!", dijo mi tía Úrsula al oído a su hermana. Sólo que, como estaba sorda, hablaba en voz alta creyendo hacerlo en secreto:

—¡Ay! ¡lo que es el amor propio! Mira a esta flacucha que quiere hacerse pasar por aquella perla de belleza y de frescura. ¡Me gusta su desvergüenza!

—Calla, Ursulita –replicó la tía Ascensión–, que en materia de vanidad, nadie te igualó jamás. Recuerda, aunque esto está ya a mil leguas de distancia, que tú también te creías parecida a la hermosa Carmen Puch[47], y la parodiabas en todo, hasta en aquel gracioso momito[48] que hacía contrayendo los labios, que sea dicho de paso, si en ella estaba bien, porque su boca aunque bella era grande, y podía manejarla, a ti, con la tuya pequeña y fruncida te daba el aire de una perlática[49]. ¡Ay! ¡Ursulita! ¡Ursulita! veo con pena que la envidia no envejece.

—Eso no puedes decirlo por mí, que siempre me hice justicia.

—¡Hum! porque no podías hacer otra cosa.

—¿Lo crees? ¡dilo!

—Yo sí.

—Pues yo te digo que si lo hubiera querido, cuando estuviste tan enfarolada[50] por el doctor Concuera...

Mamá Anselma, una negra, antigua criada de mi abuela, entró en ese momento trayendo la cena, y puso fin a la disputa de las señoras, sobre su antigua belleza.

Persuadidas de haber hablado en voz baja, se volvieron hacia mí y me invitaron a ponerme con ellas a la mesa, sonriendo la una a la otra como si nada hubiese pasado de desagradable entre ambas.

Mamá Anselma fijó en mí una larga mirada; pero no pudo reconocer a la niña que en otro tiempo llevaba siempre en sus brazos.

Sin embargo, cuando resignándome a pasar todavía por una extraña, di las gracias a mis tías por su invitación, mamá Anselma hizo un ademán de sorpresa, y acercándose a mi tía Úrsula, gritóle al oído.

—Señora, si tiene la misma voz de la niña Laura.

—¿Quién? ¡mujer!

---

47   *Carmen Puch*: Margarita del Carmen Puch de Güemes (1797- 1822) esposa de Martín Miguel de Güemes, considerada la mujer más bella de su tiempo.
48   *Momito*: diminutivo de *momo*, gesto que se hace para burlar o divertir.
49   *Perlática*: quien padece *perlesía*, parálisis.
50   *Enfarolada*: embriagada.

—Esta señorita.

—¡Dale!... ¡Y van dos!

Mamá Anselma había destapado los platos y servídome la cena, compuesta de jigote[51], un trozo de carne asada y aquel nacional y delicioso *api*[52] mezclado con crema de leche cocida.

Mientras cenábamos, un mulatillo listo y avispado entró saltando detrás de mama Anselma.

Era Andrés, su nieto, que diez años antes había yo dejado en la cuna.

El chico me dio una ojeada indiferente, y sentándose en el suelo, sacó del bosillo una *trompa*[53], y sujetándola entre los dientes, púsose a tocar con la lengua aires que yo había tocado también en ella, cuando en otro tiempo habitaba aquella casa con mi abuela.

Los perfumes y la música son el miraje del recuerdo. A la voz doliente de esa trompa, al aroma familiar de aquellos manjares, el pasado entero, con las rientes escenas de la infancia, con los primeros ensueños de la juventud, surgió en mi mente, vivo, palpitante, poblado de imágenes queridas.

Volví a verme en aquel mismo salón, sobre aquel mismo estrado, sentada en esos cojines, apoyada la cabeza en el regazo de mi abuela, dormitando al arrullo de sus canciones, o bien revoloteando alegre entre esas dos tías que ahora no podían reconocerme; y los sonidos melodiosos de la trompa me parecían ecos de voces amadas que me llamaban desde las nebulosas lontananzas de la eternidad...

—Señora, si esa niña se ha quedado dormida –oí que decía mamá Anselma–. Vea su merced que ha soltado el cubierto y ha dejado caer los brazos.

—¡Calla! ¡dices verdad, mujer!

—¿No sería mejor, señora, prepararle la cama? Estará cansada; y más bien le hará dormir que cenar.

—Tienes razón. Pero, ¿dónde la acomodaremos?

—Aunque me pesa que alguien duerma ahí, pero como no hay otro a propósito, en el cuarto de Laura.

Absorta en mis pensamientos, había escuchado este diálogo sin comprenderlo. Mi nombre pronunciado por mi tía Ascensión, me despertó del profundo enajenamiento en que yacía.

51 *Jigote*: del francés *gigot*, pierna de carnero.
52 *Api*: del quechua *api*, mazamorra; budín; colada; sopa; mazamorra de harina de maíz morado.
53 *Trompa*: trompa andina, instrumento de viento típico de los Andes.

—¡Tías mías! –exclamé– ¡querida mamá Anselma! ¿es posible que os obstinéis todavía en desconocerme? Soy Laura, Laura misma, que atacada de una enfermedad mortal, ha perdido la frescura y la belleza que echáis de menos en ella. ¡Miradme bien, miradme!

Y arrojando el sombrero y el bornoz, les mostré mi rostro, mi talle, mis cabellos.

Las tres ancianas arrojaron un grito de gozo y de dolor y me enlazaron con sus brazos, riendo y llorando; haciéndome mil preguntas sin aguardar la respuesta.

Aquella escena en el estado de debilidad en que me encontraba, me hizo daño, y me desmayé.

Cuando volví en mí halléme en mi cuarto, acostada en mi propia cama, rodeada de mis tías y de mamá Anselma, que arrodillada a mi lado, me frotaba los pies con un cepillo...

Se habría dicho que el tiempo había retrocedido el espacio de diez años: de tal modo nada había cambiando en aquel pequeño recinto desde la víspera del día que lo dejé para marchar al Perú.

Con gran trabajo logré escapar de la camiseta, las medias de lana y las frotaciones de sebo con ceniza que mis tías querían imponerme; primero, absorbiéndolas en el relato de mi fuga de Lima con todos los incidentes de mi viaje hasta la hora en que llegué cerca de ellas, y concluí por fingirme dormida.

Mis tres queridas viejas me abrigaron; arreglaron los cobertores en torno a mi cuello, y cerrando las cortinas, retiráronse sin hacer ruido.

Al encontrarme sola entreabrí las cortinas y di una mirada en torno.

Mi cuarto se hallaba tal como lo dejé hacía diez años. Allí estaba la cómoda en que guardaba mi ropa; más allá el tocador con su espejito ovalado, donde ensayé la primera coquetería; donde coloqué en mi profusa cabellera de quince años la primera flor de juventud. Al centro el sillón y la canasta de labor parecían esperar la hora del trabajo; aquí mi cama, en la que sólo habían cambiado la colcha; pero en cuyas cortinas azules estaban en su mismo sitio las imágenes de santos que yo tenía prendidas con alfileres. Sólo un cuadro de la *Inmaculada*, que adornaba el fondo había sido reemplazado por otro de la *Mater Dolorosa*, a cuyos pies estaban clavadas dos candelejas con velas de cera y el denario de mi abuela.

Mis ojos, errando, arrasados de lágrimas sobre todos esos accesorios de aquella edad dorada de la vida, encontraron un objeto a cuya vista salté de la cama con la loca alegría de una niña.

Aquel objeto era la casa de mis muñecas. Corrí a ella; y sin curarme del mal estado de mi salud, sentéme en el suelo y pasé revista a la fantástica familia.

Allí estaban todas esas creaciones maravillosas de mi mente infantil: Estela, Clarisa, Emilia, Lavinia, Arebela; engalanadas con los suntuosos arreos que mi amor les prodigaba. Sólo que aquellas bellísimas señoras se hallaban lastimosamente atrasadas en la moda. Sus galas olían a moho y el orín del pasado había empañado su brillo.

El alba me sorprendió sin haber cerrado los ojos y mamá Anselma se santiguó, cuando entrando en el cuarto con el mate sacramental de la mañana me encontró en camisa, sentada delante de la casa de las muñecas.

—¡Criatura de Dios! —exclamó— ¿qué haces ahí?

—Estoy visitando a estas pobres chicas que tú me dejabas en un lamentable abandono. Yo esperaba de ti otra cosa; creía que siquiera habías de mudarles ropa.

—¡Ay! ¡hija! si sólo de ver tu cuarto se me partía el corazón. Desde que te fuiste, las señoras han querido que aquí se rece el rosario, y yo, forzada así a entrar, cerraba los ojos para no ver tu cama, ni tu cómoda, ni tu sillón. ¿Cómo habría de tener valor para contemplar tus muñecas? ¡Mucho he llorado, niña mía!... ¡mucho he llorado por ti!... Últimamente me dijeron que te habías casado con un príncipe. Entonces me dije: "¡Ya no la veré más!", y cuando me mandaste aquellos pendientes de oro con perlas, me parecieron florones de tu corona; y pensaba que hallándote ya en tanta opulencia en aquellas hermosas ciudades, olvidarías del todo a Salta y a tu pobre mamá Anselma... Pero, niña mía, ¿por qué estás llorando?

—Nada, nada, querida mía; tonterías y nada más —díjela riendo para ahogar mi llanto—. Pero, dime, ¿qué peroles[54] son esos que suenan a lo lejos?

—¡Cómo! ¿no reconoces ya las campanas del colegio donde te educaste? Están llamando el tercer repique de la misa de ocho y media.

—¡Es verdad! Hoy es domingo, y ésta es la segunda misa. Quiero

---

54   *Perol*: vasija u olla de metal con forma de media esfera, habitualmente utilizada para fabricar dulces.

asistir a ella. Anselma, ve a buscarme una alfombra: la de felpa verde que usaba mi abuela; porque mis pobres rodillas están muy descarnadas para resistir la luenga misa de aquel bendito capellán.

Anselma fue a buscar lo que le pedía, y yo, mirándome en mi ovalado espejito, me peiné y vestí con el esmero de quien desea agradar. Quería presentarme a mis antiguas compañeras en aquel colegio donde tantas lágrimas derramara echando a sonreírme los primeros ensueños de la juventud; esa encantada edad de las perfumadas guirnaldas, de los blancos cendales[55] y las rosadas ilusiones. ¡Cuán diferente me encontraba, mirándome a la luz de aquellos recuerdos. Alumbrábame entonces el radiante sol de la esperanza; hoy... ¡hoy las sombras del desengaño oscurecían mi frente!

—¡Jesús! ¡que elegante está mi niña! –exclamó Anselma, que venía trayendo en una mano la alfombra, en la otra el libro de misa–. ¡Qué lujo! Vas a deslumbrar a más de cuatro presumidas... Pero, ¡ay! ¿Qué se hizo el tiempo en que con tu vestido de gaza y un botón de rosa en los cabellos estabas tan linda?

—Ese tiempo, mamá Anselma, se fue para no volver. Olvida a la Laura de entonces y acompaña a la de ahora al templo para pedir a Dios la salud, fuente de toda belleza.

—Y la recobrarás, niña mía. Sin contar con nuestros cuidados, te bastaría solamente respirar el aire de esta tierra bendita de Dios. Dime, criatura ¿has visto algún país tan hermoso como el nuestro?

—El mundo es ancho, mamá Anselma, y encierra comarcas encantadoras; pero la patria es un imán de atracción irresistible; y la savia de la tierra natal, el más poderoso agente de vida.

¡Qué día tan bello! ¡qué aire tan puro! ¡qué trasparencia en el azul del cielo! –decía yo, aspirando con ansia la brisa de la mañana, mientras que, seguida de Anselma atravesaba las calles de la ciudad.

—¡Ah!... ¿de dónde vienen estas ráfagas de perfume que embalsaman el ambiente? Se diría la triple mezcla del clavel, el jazmín y la violeta.

—De los balcones, niña mía. Las jóvenes han dado en la manía de convertirlos en jardines. Mira esas macetas de jazmín del Cabo, que dejan caer sus ramilletes casi al alcance de la mano. ¡Cómo ahora las niñas están enteramente dadas al lenguaje de las flores!... Qué, hija, si todo el día es

---

55   *Cendal*: lienzo fino, tela deseda o lino muy fina y transparente.

una conversación de ventanas a veredas; y no se oye sino: *amor ardiente, indiferencia, simpatía, traición, olvido, cita, espera*, y otras palabras que yo no había oído en mi vida y que me parecen cosa de brujería.

—Calla, mamá Anselma, que, con algunas variantes, tú las dirías también, hace diez lustros... Pero... ¿no es éste el sitio que ocupaba la vetusta casa donde estuvo mi escuela?... Sí, lo reconozco... entre San-millán y Ojeda. ¡Ah! ¿qué desalmado echó abajo sus derruidas paredes para reemplazarlas con esta casa, que, aunque muy bella, no vale el tesoro de recuerdos que aquellas encerraban?

—Cierto que encontró uno magnífico el gallego Hernando al des-baratarlas; pero no fue de recuerdos sino de oro y valiosas joyas, en un ángulo del salón donde se hacían las clases, en el sitio mismo que ocupaba la maestra, cuando tejiendo sus blondas[56] vigilaba a las niñas.

—¡Horrible sarcasmo de la suerte! —exclamé, en tanto que mi pobre maestra, forzada al trabajo por la dura ley de la miseria, se en-tregaba a la tarea ingrata de la enseñanza, y a la más ingrata aún de las labores de mano, que dan pan a sus hijos, el ciego destino escondía bajo sus pies un tesoro para entregarlo a la codicia de un avaro sin hijos, sin familia, y peor que esto, sin entrañas.

Y la historia de aquella desventurada señora despojada y proscrita de su patria por la injusticia de una política brutal, vino a mi mente, con todas sus dolientes peripecias: la muerte de su esposo, su aisla-miento y orfandad en la tierra extranjera. Víla sentada en el rincón oscuro de aquel salón destartalado, vestida de luto y los ojos bajos sobre su labor, siempre meditabunda, y derramando a veces lágrimas silen-ciosas que rociaban las flores de su bordado.

—Pero, niña mía, ¿piensas quedarte ahí toda la mañana delante la casa de ese maldito usurero que la compró por nada, y con el oro que encontró la ha puesto así? Mira que ya ha *dejado*[57] la misa y nos costará sabe Dios qué entrar a la iglesia, que estará atestada de gente.

Y me echó delante de ella con la autoridad que usaba conmigo cuando yo tenía cinco años, y me llevaba a paseo.

Al entrar en la plaza de armas, dejóme pasmada la trasformación que se había operado en ella. Rodeábanle dos hileras de álamos alter-nados con frondosos sauces que formaban una calle sombrosa, fresca, tapizada de césped y flanqueada de asientos rústicos. El resto de la plaza

56   *Blonda*: especie de encaje de seda.
57   Aquí en el sentido de "partido", o sea que ha comenzado su itinerario.

era un vasto jardín con bosquecillos de rosas, y enramadas donde serpeaban entrelazados, el jazmín, la clemátida y la madreselva. Al centro elevábase un bellísimo obelisco cerrado por una verja de hierro, donde se retorcían los robustos pámpanos de una vid.

—¿Dónde vas, niña mía? Sigue por la izquierda. ¿Has olvidado ya el camino del colegio?

—No, pero quiero dar una vuelta en torno a esta hermosa alameda que me está convidando con todos los aromas de que estoy privada, hace tanto tiempo.

—¡Criatura! ¿y la misa? Cuando lleguemos, habrá ya pasado.

—Siempre llegaremos a tiempo. ¿Acaso no conozco yo las costumbres de aquella casa? La madre sacristana llama a misa para despertar al capellán que se suelda con las sábanas.

—Eso era en tiempo de Marina, que era un pelmazo; pero este otro es una pólvora, que se reviste en dos patadas y se arranca la sobrepelliz de un *jalón*[58].

Mientras Anselma hablaba, caminaba yo con delicia sobre la menuda grama salpicada de anémonas rojas que tapizaba el suelo.

Una multitud de jóvenes madrugadoras, venidas como yo a respirar el aire embalsamado de la mañana, ocupaban los bancos, o bien, *polqueaban*[59], deslizándose rápidas sobre el césped, estrechamente abrazadas, sonriendo con el confinado abandono de esa hora matinal en que los hombres duermen y el mundo parece únicamente habitado por mujeres.

Entre ellas reconocí a muchas de mis antiguas compañeras. Habíanse formado y embellecido todas a punto de avergonzarme a la idea de presentarles mi demacrada persona. Así, recogí sobre mi rostro los pliegues del velo, y pasé delante de ellas fingiendo la indiferencia de una extraña.

Mas parece que mis arreos fueron muy de su gusto; pues me miraron con una mezcla de curiosidad y complacencia que no tenía derecho a esperar mi marchita belleza.

Al salir de la calle Angosta, divisé la fachada del colegio con su pobre campanario rematado por una cruz de hierro pintada de negro... Qué dulces y dolorosas emociones sentí a la vista de esa casa, donde se deslizaron los años de mi infancia entre penosos estudios y alegres

58   *Jalón*: (loc.) tirón.
59   *Polquear*: (neolog.) danzar en círculos, como en la *polka*.

juegos. Entonces deseaba crecer, dejar de ser niña y volverme una joven. Ahora deseaba que aquellos días volvieran para no pasar jamás.

Como Anselma lo había previsto, la misa estaba comenzada y el reducido templo lleno de gente.

Pero yo había aprendido en Lima la manera de abrirme paso entre la multitud y con pasmo[60] de Anselma, nos encontramos ambas al pie del presbiterio[61], a tiempo que el capellán decía el *Sanctus*.

Un mundo de recuerdos invadió mi mente, cuando arrodillada y las manos juntas, levanté los ojos sobre aquel altar cubierto de flores, cuyo aroma me traía en ondas embalsamadas las rientes imágenes del pasado; de aquel tiempo en que vestida de blancos cendales y la frente coronada de rosas, llevaba el solo[62], a causa de mi excelente contralto[63], en los cánticos sagrados.

Y de ilusión en ilusión, y de recuerdo en recuerdo, caí en un desvarío profundo que arrebató mi alma hacia las encontradas regiones del pasado.

El largo espacio que de él me separaba se borró enteramente; volví a ser la devota niña de aquel hermoso tiempo de piedad, de esperanza y de fe. Un santo entusiasmo se apoderó de mi alma; cuando, al instante de la *elevación*, las notas del piano preludiaron un acompañamiento, sin conciencia de lo que hacía, arrastrada por una fuerza irresistible, entoné el himno de *adoración* con una voz poderosa, llena de unción, que resonó en las bóvedas y en el corazón de los oyentes.

Un murmullo semejante al de las hojas de los árboles agitadas por el viento recorrió el templo, y cuando el coro entonó la segunda estrofa, escuché mi nombre mezclado a las sagradas palabras. Y abismada en una deliciosa admiración, abandonéme al encanto de aquellas melodías que transportaron mi alma a espacios infinitos...

¡Me había desmayado!

Cuando volví en mí encontréme en el perfumado claustro del colegio, bajo los naranjos en flor, en brazos de mis antiguas compañeras, que me prodigaban cuidados y caricias. En torno a ellas, turbulentas y curiosas, agrupábanse sus *chicas*...

¿Recuerdas esa piadosa costumbre del colegio?

—¡Ah! nunca olvidaré la dulce solicitud de mi *grande*, la angelical Anastasia F. Éramos ocho sus chicas; y otras tantas las de la bella

---

60   *Pasmo*: inmovilidad producto de recibir un golpe emocional que deja a la persona atolondrada o asombrada.

61   *Presbiterio*: área del altar mayor, incluidas las escaleras que dan acceso a él, usualmente reservada a la gente mayor o notable.

62   *Llevar el solo*: cantar la voz principal en los coros.

63   *Contralto*: voz femenina, entre el tiple (más agudo) y el tenor.

y perversa Patricia T., su mortal enemiga...

—Háblame, por Dios, de esa historia, que a lo que parece, hizo época en el colegio.

—Fue una enemistad implacable de parte de la una; una bondad y paciencia incansables de parte de la otra. ¿Por qué la aborrecía? Anastasia no era ni bella ni rica para excitar la envidia en aquel corazón depravado. Más, lo que Patricia no podía perdonarla era el respeto, la admiración, el amor que inspiraba.

En efecto, la una era el ídolo de la casa, la otra su terror.

Anastasia era el recurso en todas las necesidades, el alivio de todos los dolores, no sólo para sus chicas sino para todas las niñas del colegio. Llamábanla *Consolatrix aflictorum*[64]; porque siempre tenía en los labios una palabra de consuelo, de promesa o de esperanza. No era devota, pero era una santa. Reía de los ayunos, de las disciplinas y de las largas plegarias; pero su alma, toda fe y amor, vivía en una perpetua aspiración hacia Dios.

¡Querida Anastasia! Paréceme verla todavía con sus largos cabellos rubios, su rostro dulce y pálido y aquella sonrisa bondadosa y triste que adormía sus ojos azules, dándoles una expresión angelical.

Patricia era una beldad soberbia en toda la esplendente acepción de la palabra. Imposible sería imaginar ojos tan bellos como los suyos, ni cabellos rizados tan undosos y brillantes, ni cuerpo tan esbelto, ni voz tan suave y vibrante, ni lisonja tan irresistible como la que se deslizaba de su rosada boca.

Pero aquella hechicera figura encerraba un alma de demonio llena de odio y de crueldad: ¡Ay! ¡de aquellos a quienes ella aborrecía! y ¡ay! ¡también de los que amaba! Unos y otros eran sus víctimas.

—En mi tiempo existían todavía en el salón de dibujo dos retratos de ellas hechos por tu hermana. La una vestía las galas del mundo; la otra el hábito de religiosa. Aunque hacía largo tiempo que ellas no lo habitaban ya, en el colegio su memoria estaba aún viva; y en las veladas de las noches de luna bajo los naranjos del patio, las monjas cuchicheaban no sé que misteriosa conseja[65] respecto a esas dos jóvenes pensionistas, que excitaba grandemente mi curiosidad, a causa del sigilo mismo con que de ello hablaban.

Un día fui a preguntarlo a Sebastiana, aquella chola[66] jorobada,

---

64   *Consolatrix aflictorum*: (lat.) consoladora de los afligidos.
65   *Conseja*: cuento, patraña, fábula.
66   *Chola*: dícese de la india poco ilustrada.

antigua cocinera del colegio.

—Nada te importa eso, niña —me respondió atizando su fuego—. Ve a estudiar tu lección y pide a Dios que te libre de tener una enemiga.

Estas palabras no eran a propósito para desvanecer mi curiosidad; pero, por más que pregunté, insinué y me di a escuchar las pláticas de las grandes y de las monjas, nunca pude recoger más que frases sueltas, como —odio, venganza, abandono, castigo del cielo, y otras así, incoherentes... ¿Qué fue ello?

—¡Ah! ¡una historia! un drama que comenzó en los apacibles claustros del colegio y acabó con un desenlace trágico entre las tempestades de la vida mundana.

Anastasia no quería creer en el odio que Patricia la había jurado. Reía de las hostilidades de su enemiga, no con desdén, sino con dulzura; y las llamaba: las locuras de Patricia. Reñía a sus chicas y únicamente en esas ocasiones con severidad, cuando más prácticas que ella en los senderos del mal, vengábamos los ultrajes sangrientos que la infería su antagonista, a quien, por acaso providencial, tenía siempre ocasión de devolverle en bien todo el mal que ella le deseaba.

Acercábase la fiesta de la Asunción, brillante solemnidad celebrada con banquetes, refrescos, procesiones, premios y un panegírico en honor de la Santa Patrona del colegio, pronunciado por una de sus párvulas, de lo alto de la cátedra y ante un inmenso auditorio.

Las grandes codiciaban para sus chicas aquella ocasión de lucir sus dotes intelectuales; y había candidaturas oficiales y populares; *meetings* y acalorados debates.

Pero allí se empleaba un procedimiento digno de ser estudiado por nuestros congresos constitucionales y muy superior a la teórica prueba de los programas. Las chicas aprendían de memoria el panegírico y lo recitaban ante un comité municipal, que acordaba sus votos a aquella que más gracia ostentaba en la declamación.

La bella Dolores del *Sagrado Corazón*, vicerrectora del colegio, y cuya favorita era Patricia, se declaró por una de las chicas de ésta: ensayóla para ello y la presentó al comité, que presidía como directora de estudios, si no recomendándola, insinuándose al menos de un modo explícito en favor suyo.

—¡Ah! —exclamó, Laura, interrumpiéndome— ¿recuerdas a esa

altiva beldad? En mi tiempo era ya rectora y la llamábamos *"Rosas segundo"* por su magistral despotismo. Qué inmenso rol habría representado en el mundo esa mujer que reunía en sí todos los encantos que pueden fascinar la mente y cautivar el corazón; una belleza seductora; una gracia irresistible; y bajo la sombra de su velo, mezclada a desdeñoso orgullo, la más refinada coquetería. ¿Oíste jamás una voz tan hechicera como la suya? Cuando se elevaba en los cánticos sagrados enlazada con los melodiosos acordes del órgano, había en su acento una expresión tal de voluptuosidad y de terrestre pasión que me hacía apartar los ojos de la imagen de Jesús para buscar en los oscuros ángulos del templo el ser humano a quien se dirigía.

Nada tan decisivo como su tiránica voluntad, que se imponía como una ley del destino.

Antes de oírtelo decía, sé ya que en la ocasión de que hablas, triunfó en su propósito.

—No. Como pocas veces sucede en el mundo, triunfó la justicia.

Anastasia no tenía protectores ni los buscaba. Ensayó concienzudamente a sus chicas, sin preferencia por ninguna; pero había entre ellas una morenilla de diez años tan linda, graciosa y despabilada, que en el ensayo general se llevó todos los votos a pesar del influjo y de la presencia misma de la orgullosa vicerrectora.

Nunca olvidaré la mirada fulminante con que sus magníficos ojos envolvieron a la pobre Anastasia y a su victoriosa chica; ni la amarga sonrisa que les dirigió Patricia, ni el pícaro momito de ingenioso desdén con que los infantiles labios de la niña acogieron aquella doble amenaza.

Anastasia tenía bajos sus modestos párpados, y no vio esos relámpagos de la tempestad que se cernía sobre su cabeza.

Esta escena tuvo lugar la víspera de la fiesta.

Radiante de gozo por el triunfo de su chica, Anastasia se entregó a la tarea, grata para ella, de engalanarnos. ¡Cuántas papillotas [67] hizo aquella noche! Estábamos ya dormidas y ella tenía todavía nuestras cabezas entre sus manos.

Al día siguiente, millares de rizos, negros y blondos flotaban bajo nuestros velos, que Anastasia arregló con gusto exquisito, prendiendo sobre ellos graciosas coronas de rosas blancas.

67 *Papillotas*: del francés papillotes, mariposas, tubos armados con tiras de papel flexible que utilizaban las mujeres para rizarse el cabello

La fiesta fue celebrada aquel año con inusitado esplendor. El templo y el prado que le sirve de atrio estaban sembrados de flores; doscientas niñas vestidas con el blanco uniforme de gala, adornada de ramilletes y de vaporosas nubes de tul, alzábase una cátedra. Sobre sus diez gradas habían extendido un tapiz de felpa carmesí del más solemne efecto; pero que no intimidó a la linda oradora, que subió con paso firme y sereno ademán; dirigió un tierno saludo a la Virgen, y volviéndose al numeroso auditorio que llenaba el prado, pronunció el panegírico, dando a su voz inflexiones tan armoniosas y a su fisonomía tal encanto, que arrebató de entusiasmo a sus oyentes.

Extasiada al escucharla, Anastasia estaba, si no bella, encantadora, bajo el blanco velo que tan bien se hermanaba con su tez de nieve, sus grandes ojos azules, y los dorados bucles que ornaban su frente purísima y serena.

Arrodillada al pie del trono de María, llevando un pebetero [68] de aromas en la mano, y absorta en piadosa meditación, contemplaba maquinalmente las ondas de humo que saturaban el aire con el místico perfume del incienso...

De repente sus ojos encontraron una mirada que hizo descender su alma de las alturas donde se cernía con Dios...

Patricia, que estaba cerca y la espiaba, interceptó aquella mirada...

Anastasia salió del templo pensativa y triste.

Patricia con aire de triunfo, y en los labios una cruel sonrisa.

Desde aquel día, Anastasia, tan contraída al estudio, pasaba largas horas con el libro abierto sobre sus rodillas, inmóvil y la mirada fija, al parecer en la contemplación de un objeto invisible. Hondos suspiros se escapaban de su pecho; y con frecuencia la veíamos elevar los ojos –para mirar al cielo– decía ella; pero en efecto, para hacer retroceder lágrimas, que se agolpaban en ellos.

A la pálida indulgencia con que recibía las ofensas de su enemiga sucedió una resignación triste y silenciosa. No la miraba ya con serenidad: mirábala con terror.

Nosotros observábamos este cambio con dolorosa admiración; y nos preguntábamos, qué podía arrancar esa alma a su beatífica tranquilidad.

Un día Patricia dejó el colegio. Sus chicas fueron encargadas a otra

---

68   *Pebetero*: perfumador, incensario, vasija en la que se quema el *pebete*, composición aromática.

grande, que ocupó también su puesto en el dormitorio, el comedor y el templo.

Esta ausencia que libertaba a Anastasia de una mortal enemiga, pareció aumentar, sin embargo, la tristeza que se había apoderado de su alma. En las horas de recreo, en vez de rodearse de sus chicas cual antes acostumbraba para repartirnos dulces, o contarnos cuentos, alejábanos de su lado, y sola, silenciosa y sombría, paseábase a lentos pasos en los sitios más retirados del jardín; o bien sentada al pie de un árbol, quedábase inmóvil, oculto el rostro entre las manos, hasta que la campana de clases la llamaba.

Un día que, reunidas en torno suyo, dábamos a nuestra lección el último repaso, que ella corregía con esmero, así en el acento como en la dicción, trajéronla un ramillete magnífico, formado con flores características y atado con un lazo blanco de moaré, del que pendía una ancha tarjeta con dos nombres en relieve. Nosotras no leímos los nombres; pero sí el significado del ramillete, cuyas flores decían:

—Odio satisfecho; Deliciosa venganza; Amor desdeñado; Deseos cumplidos.

Anastasia tomó en sus manos el ramillete y contempló largo tiempo, inmóvil y pálida, los nombres y las flores que contenía. Cerró nuestros libros, nos abrazó a todas, condújonos a clase y desapareció.

Cuando, acabadas las clases, entramos a la iglesia para la plegaria que precedía a la cena, vimos el misterioso ramillete a los pies de la Virgen; y como nos encontrásemos solas y preguntáramos por Anastasia, se nos dijo que estaba en retiro para tomar al día siguiente el velo de novicia.

Como a las chicas de Patricia, diéronnos también otra grande, que nos pareció una madrastra y a quien como a tal tratamos, llorando amargamente, cuando a lo lejos divisábamos bajo su blanco velo, el dulce rostro de Anastasia que nos enviaba una sonrisa triste.

Poco después, la bella voz de Anastasia no resonó ya entre los sagrados coros; y su reclinatorio quedó vacío al fondo de la nave. Estaba enferma y no podía dejar el cuarto. Los médicos declararon que se hallaba atacada de una enfermedad pulmonar, y la ordenaron ir a respirar el aire de los campos.

Vecina al pintoresco pueblo de Cerrillos, poseía el colegio una pequeña heredad, solitaria y agreste, cuya entrada se abría sobre una cañada desierta y daba paso a un edificio situado entre un jardín y un huerto que se extendía hasta las primeras casas del pueblo.

Allí fue a encerrarse Anastasia con su mortal dolencia y el oculto pesar que parecía roer su alma.

Corrían entonces los días de la primavera, la más bella época del año en aquel hermoso país, que se cubre de flores desde la cima de los bosques hasta la menuda yerba de los campos.

Pero ni la embalsamada fronda de las selvas, ni el alegre canto de las aves, ni el murmurio de las fuentes, ni el verdor florido de los prados, ni las lontananzas azuladas del horizonte, nada era fuerte a distraer la misteriosa tristeza que se había apoderado del alma de Anastasia y minaba sordamente su existencia.

Huía de toda compañía, de todo ruido; ocultábase de todas las miradas; y sólo al caer la tarde se le veía pasear lentamente, a lo lejos, entre las arboledas desiertas, pálida y silenciosa como una sombra.

Los días de carnaval llegaron, y con ellos un mundo de alegres huéspedes al lindo pueblo de Cerrillos. Los anchos corredores de sus casas se convirtieron en salones de baile; y sus huertas, que separadas sólo por setas de rosales forman una vasta fronda, resonaron con músicas y cánticos.

Anastasia, cuya tristeza creció con la alegría que zumbaba en torno suyo, retrájose aún más en su aislamiento, y no osó ya poner el pie fuera del recinto de la casa, sino a la hora de las sombras, cuando el juego y el sarao convidaban a los presentes con los ardientes placeres de la *cuadrilla*[69] y del *monte*[70].

Entonces, despreciando los consejos de los médicos que le prohibían los paseos nocturnos, envolvíase en su velo y vagaba en las tinieblas de la desierta campiña hasta que el aura húmeda del alba mojaba sus cabellos y helaba su cuerpo.

Una noche que había llevado sus pasos hacia el lado del pueblo, Anastasia, fatigada en el cuerpo y en el espíritu, sentóse en un paraje ameno, plantado de moreras y de floridos arbustos.

Profundo silencio reinaba en torno, interrumpido sólo por el arrullo de las tórtolas animadas en la fronda y por los lejanos rumores de la fiesta que el viento traía en perezosas bocanadas al oído de la re-

69   *Cuadrilla*: baile de salón.
70   *Monte*: juego de naipes con la baraja inglesa de origen español.

ligiosa como ecos de otro mundo, de un mundo perdido para ella, pero hacia el cual volaba siempre su alma en alas del recuerdo.

El murmullo de dos voces que hablando quedo se acercaban, arrancó de súbito a Anastasia de su profunda abstracción.

La anchurosa falda de raso de una mujer que pasó a su lado sin percibirla, rozó el blanco hábito de la novicia.

Anastasia se estremeció: un sudor frío bañó sus sienes.

Aquella mujer era Patricia.

Apoyábase en el brazo de un hombre y la mirada de sus ojos, tan irónica y altiva, fijábase en él, sumisa y apasionada.

Anastasia levantó con timidez la suya para mirar a aquel hombre; y por vez primera en su vida, una sonrisa amarga contrajo sus dulces labios.

Pero esta sonrisa se cambió en una sorda exclamación de espanto cuando detrás de un árbol surgió de repente ante la enamorada pareja un hombre ceñudo, sombrío, terrible, armado de dos pistolas, que arrojando una a los pies del compañero de Patricia:

—Defiéndete, infame –le dijo–. Tengo el derecho de matar como a un ladrón al que bajo la fe de la amistad me ha robado la honra; pero quiero concederte el combate. Arma tu brazo y muestra al menos que no eres cobarde al frente de un enemigo, como lo has sido ante las leyes del honor.

A esta sangrienta provocación, el desafiado rugió de cólera y se precipitó sobre la pistola.

Patricia se arrojó entre ambos contendientes.

—Mátame a mí –exclamó volviéndose al otro–. Yo lo amo; y si alguno de nosotros debe morir, ¡ese soy yo!

Pero el inexorable adversario la apartó con un ademán de desprecio y preparando el arma, mudo y severo, esperó.

Patricia cayó postrada en tierra, exclamando:

—¡Luis! ¡no te dejes matar!

Sonó una doble detonación y uno de aquellos hombres cayó bañado en su sangre.

Patricia exhaló un grito y se desmayó.

El vencedor tomó en sus brazos a Patricia desmayada y se alejó.

Anastasia, vuelta en sí del terror que la había tenido inmóvil entre la sombra, arrojóse sobre el cuerpo inerte del herido. Con una mano restañó la sangre que salía a borbotones de su pecho; con la otra arrancó un tallo de yerba mojado de rocío, y humedeció su frente.

El moribundo abrió los ojos, y su mirada encontró, inclinado sobre él, el rostro pálido de Anastasia.

—¡Ángel del cielo! –exclamó– ¿vienes a tomar mi alma como aquel día... entre nubes de incienso... al pie del altar?... ¡Ah!... Un demonio la extravió de su beatífico vuelo hacia ti...

Su mano, ya fría, buscó la mano que cerraba su herida y la llevó a sus labios que, en vez de un beso, dejaron en ella un suspiro.

Era el último.

La luz del día encontró a Anastasia de rodillas al lado de un cadáver...

Patricia desapareció sin que las investigaciones que se hicieron para descubrir su huella tuvieran otro resultado que datos inciertos. Hubo uno vago, pero terrible.

Una silla de posta[71] había sido asaltada por los indios en las solitarias etapas de la Pampa. En ella iban un hombre y una mujer. Los salvajes mataron a aquel y se llevaron a ésta.

El postillón, que había logrado escaparse, nada sabía de los viajeros que llevaba, sino que la mujer, joven y bella, respondía al nombre de Patricia.

Poco después del drama que tuvo lugar en Cerrillos, la iglesia del colegio, enlutada, aunque sembrando de flores su pavimento, resonaba con los fúnebres versículos de Exequias.

Al centro de la nave, entre cuatro cirios, había un ataúd cubierto con un velo blanco sobre el que se ostentaban una palma y una corona de rosas.

Anastasia había dejado a sus compañeros para ir a morar entre los ángeles...

¡Ahora, perdón, hermosa desmayada! Atraída por el recuerdo hacia los encantados mirajes del pasado, olvidé que te dejaba en una situación asaz comprometida, entre los cuidados de las grandes y los alfileres de las chicas, que desearían saber a qué atenerse de la verdad de tu accidente.

—Recuerda que ya volví en mí, cuando partiste a la región de los recuerdos.

---

71   *Silla de posta*: carruaje de alquiler.

Encontréme, como ya he dicho, rodeada de mis antiguas compañeras, trasformadas, casi todas, en bellísimas jóvenes, unas de ojos negros y largas cabelleras; otras de azuladas pupilas y de rizos blondos.

Forzoso me es confesar, si he de ser sincera, que me sentí humillada ante aquellas beldades frescas y risueñas, cuyas rosadas bocas besaban mi enflaquecida mejilla.

Pero ellas, por esa innata propensión del corazón humano a desear aquello que nos falta, envidiaron mi palidez y la lánguida expresión de mi semblante que decían daba un nuevo encanto a mi fisonomía.

El día se pasó para mí como un soplo, recorriendo los claustros, los salones, el vergel, escuchando a mis compañeras presentes, demandando el destino de las ausentes; refiriéndoles, para satisfacer su curiosidad aquello que de mi historia podía decir sin contristar su ánimo; pero sobre todo, hablando del pasado, de esa región luminosa, poblada de celestes visiones.

Evocado así, en su propio escenario, aquel tiempo desvanecido, alzábase, al calor prestigioso de la memoria, vivo, palpitante; y sin conciencia de ello, reíamos y saltábamos, cantando los alegres aires de la infancia, enteramente olvidadas del espacio que de ella nos separaba.

La voz de Anselma, que me recordaba la hora, disipó aquellos dorados nimbos, volviéndonos, a la realidad.

No quiero darte envidia, detallando la historia de esos encantados días arrebatados a la muerte y transcurridos bajo el bello cielo de la patria, acariciada por las calurosas afecciones de la amistad y de la familia. Mi vida era una continuada fiesta.

Hoy era un banquete; mañana una cabalgata en torno a las pintorescas chacarillas que rodean la ciudad; ora un baile campestre bajo las frondas de las huertas, ora una romería al poético santuario del Sumalao.

Un día proyectamos una ascensión al San Bernardo. El programa era: merendar en su cima, bailar allí una cuadrilla y contemplar la puesta del sol.

En efecto, al caer la tarde, más de veinte jóvenes, llevando en el brazo canastillos de provisiones, escalábamos aquel bellísimo cerro cubierto de árboles y de olorosas yerbas. Nuestra algazara podía oírse a lo lejos. Todas hablábamos y reíamos a un tiempo. Aquí, un grito de gozo a la vista de una flor; allí, otro de terror a la aparición de un zorro; más allá, una exclamación de entusiasmo ante el inmenso horizonte.

Para dar más expansión a nuestra alegría, habíamos excluido a los hombres, cuya presencia nos habría sido inoportuna en aquel paseo, que era más bien una reminiscencia de la niñez; del tiempo en que íbamos con las nodrizas a merendar empanadas [72] en las orillas del Husi.

—Yo –decía una– he ocultado nuestra excursión a papá, que la hubiera encontrado temeraria.

—No así el mío, que la ha aplaudido con entusiasmo –replicaba otra.

—¿Y tus hermanos, Carolina? Por cierto, que la habrán desaprobado.

—En lo absoluto, alma mía; y me prohibieron venir, a menos que, el gracioso comité organizador del programa los llamara a ellos para servirnos de escolta.

—¡Qué insolente pretensión! ¡Como si nosotras no bastáramos a nuestra propia defensa!

Y aquella que así hablaba, abriendo su canastillo, exhibió con denuedo la tercera pieza de su cubierta.

Las otras la imitaron; y veinte cuchillos de punta redonda salieron a recluir, empuñados por las manos más bellas del mundo.

Una carcajada general sazonó aquella escena.

Charlando y riendo así, llegamos, como al tercio de nuestra ascensión, a una plataforma tapizada de grama, donde brotaba un manantial entre matas floridas de amancaes.

Seducidas por la belleza del sitio, resolvimos desviarnos del programa y sentar allí nuestros reales.

Mientras que algunas tocaban alegres danzas en el organito que debía servirnos de orquesta y otras arreglaban en servilletas sobre la yerba los primeros de la merienda, habíame yo sentado en una piedra, y contemplaba con delicia el magnífico panorama que se extendía a mis pies.

Al frente, redondeábanse en suaves ondulaciones las verdes colinas de Castañares, cubiertas de pintados rebaños; a mi derecha el Campo de la Cruz atraía la mirada con su manto de verdura y sus gloriosas memorias; a mi izquierda entre el follaje de los huertos, el río, que teñido

---

72   *Empanada*: pequeño pastel relleno, probablemente de origen árabe ya que es similar en concepto a las *fatay* o *esfiha*, se supone que la costumbre fue traída a América por los conquistadores españoles. Con variantes las hay en toda Latinoamérica (arepas, tacos, etc.), horneadas o fritas. En argentina cada provincia ostenta una variante propia. Es creencia que la costumbre de comer empanadas fue introducida en Perú y Bolivia desde Salta por Juana Manuela Gorriti.

con los rayos del sol poniente, semejaba una cinta de fuego; y al centro, en medio al encantado paisaje que le servía de marco, la ciudad, con sus torres, sus blancas azoteas y sus rojos tejados, se agrupaba, como un tablero de ajedrez, al pie del *San Bernardo*. Desde el paraje elevado en que me hallaba, casi a vuelo de ave, veíase distintamente el interior de las casas y el movimiento de sus moradores. Sus edificios monumentales se destacaban fantásticos sobre un océano de vegetación.

La Viña, entre los vergeles de la Banda; la catedral, con sus cipreses piramidales; la plaza, con su obelisco y sus románticos jardines; el convento suntuoso de Propaganda; y más cerca, casi bajo mis ojos, donde antes era la Congregación de Belermitanos, el monasterio de las Bernardas.

A su vista, la imagen de Carmela me apareció de repente y un amargo remordimiento oprimió mi corazón.

Entregada a la egoísta alegoría del regreso a la patria, me paseaba con mis amigas de infancia, olvidando a aquella que me había confiado las penas de un amor infortunado; y que encerrada en esos muros, extranjera y sola, carecía de una compañera en cuyo seno pudiera llorarlo.

Mis ojos, arrasados de lágrimas, buscaban entre las sombrías arcadas del claustro, la gentil figura de la monja.

—¡Qué! –exclamó, corriendo hacia mí, una de nuestras jóvenes– ¿se viene aquí a contemplar musarañas [73] o a danzar y merendar?

Y procuraba arrastrarme consigo al torbellino de una *lancera*, que en ese momento ejecutaba el vals; un vals desenfrenado, en que los pies volaban con los acordes precipitados del organillo.

Pero yo estaba muy dolorosamente conmovida para mezclarme al gozo turbulento de las otras. Pretexté cansancio; y la bailarina, notando mi tristeza, dejóme y se fue en busca de otra pareja.

Quedéme sola, sentada sobre el rápido declive de la montaña, al abrigo de un matorral que me ocultaba a la vista de mis compañeras.

Y pensaba en Carmela, en el bello cubano y en sus misteriosos amores al través de las soledades del desierto; y me preguntaba cuál sería el destino de ese sentimiento divinizado por el dolor, y encadenado a un imposible...

Un grito inmenso de terror me arrancó a mi profunda abstracción.

Volvíme para mirar hacia donde estaban mis amigas, creyendo que

---

73 *Contemplar las musarañas*: expresión para definir el no hacer nada; similar a estar con los brazos cruzados.

fuera alguna nueva locura; pero el espectáculo que encontraron mis ojos, me dejó helada de espanto.

El órgano se había escapado de las manos que lo tocaban; y el personal de la cuadrilla reunido en un grupo compacto y petrificado, tenía fijos los ojos en una docena de horribles salteadores de miradas torvas, largas e incultas barbas, desgreñados cabellos, sombreros cónicos que cubiertos con el chiripá[74] rojo de los montoneros [75], y los pies calzados con tamangos [76] de potro, armados de rifles, *rewolvers* y puñales, las cercaban, estrechando cada vez más un círculo en torno de ellas.

¡Cosa extraña! En aquellos rostros patibularios, los ojos eran idénticos; ¡horribles ojos! De párpados llagados y sangrientos que dilatados como los labios de una úlcera daban a sus miradas una expresión indecible de ferocidad.

—¡Hola! ¡hola! –exclamó el capataz de la banda, un hombrón descomunal de erizada cabellera.

—¡Bienvenidas las bellas chicas, con su música y su riquísima merienda! ¡Qué me ahorquen si esto no se llama miel sobre buñuelos! Bailaremos y merendaremos juntitos; y luego, en santa unión y compañía iremos a reposar en nuestra caverna. ¡Ya veréis!

—¡Misericordia! –exclamaron mis pobres compañeras, pálidas de terror, cayendo a los pies del bandido.

—¡Por el amor de Dios! –decía una.

—¡Tenga usted piedad de nosotros! –clamaba otra.

Y simultáneamente: "¡He aquí mi dinero!" "¡He aquí mis joyas!" "¡He aquí mi chal de cachemir!" "Tómelo usted todo, pero déjenos partir".

—¡Partir! ¡qué locura! ¡Ah! ¡no sabéis cuán bella es la vida a salto de mata! Venid a probarla, con vuestro dinero, y vuestras joyas, y vuestros cachemires, que no nos vendrán mal en el triste estado en que yace nuestra bolsa.

—¡Ah!, si queréis oro, enviad un mensajero pidiendo a nuestros padres el precio de nuestro rescate; ellos darán cuanto exijáis; pero ¡en nombre del cielo! ¡no nos llevéis de aquí!

—¡Bah! ¿nos creéis, acaso, ladrones italianos? No, señoritas: somos bandidos argentinos, demasiado galantes para recibir dinero por precio

---

74 *Chiripá*: paño plegado y atado de la cintura para abajo, usado a manera de pantalones por indios y gauchos.

75 *Montoneros*: integrante de las montoneras, agrupación de irregulares que dirigidos por un caudillo actuaban atacando en breves escaramuzas. Inicialmente dirigidos contra las fuerzas coloniales españolas terminaron por protagonizar las guerras civiles contra los gobiernos que consideraban centralistas.

76 *Tamango*: trozo enterizo de cuero atado sobre los tobillos, despectivo por zapato.

de la beldad. ¡Vender lo inapreciable!... Pero, estamos perdiendo el tiempo en preludios. ¡Al avío! Hemos interrumpido vuestra danza, y es necesario volver a comenzar. ¡Há de la orquesta!

Pero la pobre organista más muerta que viva no se encontraba en estado de ejercer sus funciones.

—¿La artista nos rehúsa su ayuda? Pues que por eso no falte. *¡Traga diablos!* ¡Hazte cargo de esa chirimía[77] y espétanos una habanera[78], que no haya más que pedir!

—No será sino el *Huracán* –dijo el que respondía al terrible apodo. Y apoderándose del organillo, tocó un verdadero huracán, un vals de una velocidad vertiginosa, que los otros acogieron con hurras de gozo; y arrebatando a mis aterradas compañeras entre sus brazos, comenzaron una danza de demonios.

Hasta entonces, el miedo me había tenido inmóvil acurrucada entre el matorral y la piedra que me sirvió de asiento, conteniendo la respiración por temor de ser descubierta, por más que deseara escaparme, descolgándome, como una *galga* por la rápida pendiente para ir a la ciudad en busca de auxilio para mis desventuradas amigas.

Cuando los bandidos, arrastrándolas consigo, comenzaron su espantosa ronda, parecióme la ocasión propicia; pero el terror había de tal manera relajado mis articulaciones, que me fue imposible alzarme del suelo, ni hacer el menor movimiento.

Quedéme, pues, agazapada bajo el matorral, fija la fascinada vista en la danza infernal de aquellos hombres, que pasaban y repasaban delante de mí, en rápidas vueltas, llevando entre sus brazos semimuertas y desmelenadas a esas hermosas jóvenes, poco antes tan alegres y valientes.

—¡Por los dientes de Barrabás! ¡a la mesa! ¡y basta de piruetas! –exclamó de repente *Traga Diablos*, arrojando lejos de sí el organillo.

Detenidos a la mitad de un compás, los bandidos tomaron del brazo a sus parajes y se dirigieron al sitio donde sobre blancas servilletas se ostentaban los apetitosos prodigios de la merienda.

—¡Alto ahí! ¡por vida de Belcebú! –gritó el capataz–. ¿Os atreveréis a sentaros al lado de señoras tan elegantes y primorosas en esta desastrada facha? ¡Vamos! ¡aquí todo bicho!... ¡Ahora, una mano de tocador!... ¡A la una! ¡a las dos! ¡a las tres!

77 *Chirimía*: instrumento musical de viento, similar a un clarinete, con diez agujeros y lengüeta.
78 *Habanera*: tonadilla danzante y cadenciosa.

A estas palabras, viose caer en tierra una lluvia de barbas, de narices, de parches y lobanillos. Los bandidos pasaron la mano sobre sus párpados sanguinolentos, que perdieron instantáneamente su repugnante aspecto, cubriéndose de largas pestañas, a cuya sombra, las jóvenes vieron atónitas, ojos bellos y benévolos, que las contemplaran con amor.

—¡Alfredo!

—¡Eduardo!

—¡Carlos!

—¡Enrique!

—¡Mis hermanos!

—¡Papá! –exclamaron simultáneamente mis compañeras, arrojándose en los brazos de esos hombres que un momento antes les inspiraban tanto terror.

—¡Oh! ¡Alfredo! y dice usted que me ama, y quiere ser mi esposo... ¡y me expone a morir de espanto!

—¡Ah! nunca se lo perdonaré a usted, Eduardo.

—¡Ni yo a usted, Carlos!

—Enrique desea enviudar; y como sabe que soy nerviosa, quiso darme este susto mortal.

—¡Y tú también, papá! En verdad que algunos padres tienen una sangre fría que...

—¡Perdón, querida Anita! Quise sólo probar tu arrojo –respondió el capataz, convertido ahora en un venerable anciano–, pero ¡ay! ¡hija mía, me he convencido de que en punto a valentía, eres una miseria!

—Nosotros –dijo Alfredo–, que no concebimos dicha posible sin ustedes, deseamos vengarnos un poco del desdén con que habíamos sido excluidos de tan agradable excursión.

—Es que nosotras queríamos jugar como niñas.

—Nosotros habríamos también jugado como niños, cazando torcazas, persiguiendo mariposas, asaltando nidos y lechiguanas[79].

—Pues, ¡pelillos a la mar![80] que el sol se pone y la merienda nos espera.

—Pero, ¿cómo hicieron ustedes, por Dios, para tornar sus ojos tan horribles?

—Recuerdos del colegio: nos pusimos los párpados al revés.

---

79 *Lechiguana*: del quichua *lláchiwána*, insecto himenóptero similar a una avispa que produce miel y construye su nido bajo la tierra.

80 *Pelillos a la mar*: expresión para significar "olvidemos y pasemos a otra cosa".

—¿Qué es de Laura?

—¿Habrá huido o se ha ocultado tras de alguna mata?

—Vamos a buscarla. ¡Pobrecita! Lo cierto es que ha habido motivo de sobra para morirse de espanto.

El temor de ser sorprendida en el ridículo estado a que el terror me había reducido; hízome sacudir mi postración, y ponerme en pie más que deprisa.

—¡Miedo! –exclamé, saliendo de mi escondite– ¡bah! Túvelo sólo, queridas mías, de ver morir a ustedes de susto en los brazos de sus bailarines... Pero no se habla más de ello –añadí, temiendo que notaran mi palidez–, pido perdón para estos señores; y como decía, no ha mucho *Traga Diablos*, basta de piruetas y vamos a la mesa.

Sentámonos sobre la fresca yerba; y los bandidos poco antes tan espantosos, tornáronse unos comensales amabilísimos; dijeron tales chistes, inventaron tales locuras, que nos hicieron olvidar el horrible susto que nos dieran.

Era ya noche cuando llegamos a la falta del cerro. De allí a las primeras casas de la ciudad se extiende en suaves ondulaciones, una pradera cubierta de yerba y de plantas balsámicas, que exhalaban bajo nuestros pasos un perfume delicioso.

A la derecha, bajo el ramaje de un sauce, divisábamos el Yocci[81] de temerosa memoria[82]; a la izquierda los muros del monasterio de las Bernardas, destacaban su negra silueta en el azul estrellado de la noche.

Al acercarnos a la muda facha[83] de un hombre que se hallaba allí inmóvil, apoyado en una columna, éste se alejó con aire meditabundo.

A pesar de la oscuridad que ocultaban sus facciones, creí reconocer en aquel hombre a Enrique Ariel.

Y pensé otra vez en Carmela, y otra vez vituperé mi olvido egoísta y culpable.

Pero cuando al siguiente día fui al monasterio y me anuncié a ella, en vez de verla llegar recibí una carta suya.

"Doloroso es –decía– negarme el consuelo de abrazarte. ¡Habríame hecho tanto bien!

Pero tus palabras, tus miradas, el acento de tu voz serían otras tantas reminiscencias del pasado, ráfagas de un recuerdo que es preciso desterrar del corazón, mirajes de esos días del desierto que han dejado

---

81   *El Yocci*: pozo o fuente de agua que abastecía a la ciudad de Salta.
82   Se refiere a lo relatado por la misma autora en su libro *El pozo del Yocci* - Stockcero ISBN 987-1136-41-2.
83   *Facha*: figura, aspecto.

en mi existencia un surco de fuego.

¡Adiós! Vuelve a los esplendores de la vida, y no quieras acercar su luz a las tinieblas del sepulcro".

Esta carta me entristeció profundamente.

Había guardado la esperanza de que Carmela cediera a la voz del amor, y sobreponiéndose a fanáticas preocupaciones, recobrara su libertad. ¡Es tan fácil relajar un voto arrancado por el terror!

Pero Carmela no se sacrificaba a la religión: sacrificábase al punto de honor.

Alejéme llorando de aquella tumba de vivos, donde tantos corazones jóvenes víctimas de falsas ilusiones, van a sepultar en la aurora de la vida, el amor y la felicidad.

Mis amigas, que me vieron pensativa y triste, proyectaron un paseo a las colinas encantadas de Baquero, en cuyas quiebras maduran los purpúreos racimos de la zarzamora, delicia de las salteñas.

¡Tú conoces esos parajes, cuyo suelo tapizan las más bellas flores, donde abre, entre los rosales, su gracioso parasol la refrescante quirusilla[84], que tanto brillo da a los dientes de las jóvenes que la trituran con voluptuoso deleite!

Sólo quien ha visitado esos lugares, puede formarse una idea de su pintoresca belleza, y de la infantil alegría que se apodera del alma al recorrerla.

Pasamos allí dos días vestidas de pastoras, coronadas de lirios, calzadas con el coturno[85] de las hijas de Arcadia, comiendo al borde gramoso de los manantiales la tierna *cuajada*, el mantecoso *quesillo* con la dulce *lechiguana*.

En la mañana del tercer día regresamos, trayendo con nosotras gigantescos ramilletes de fresas que en la noche pusimos en lotería, para socorrer a una pobre viuda paralítica que nos había cedido su cabaña...

—¡Oh! ¡Dios mío! —exclamó de pronto Laura, dirigiendo una mirada a la ventana por la que penetraba un blanco rayo de luz— ¡cuánto he charlado! ¡Si ya es de día!

—¡Bah! ¿qué importa?

—Para mí, que duermo hasta las doce, nada; ¡más para ti, desventurada, que te levantas a las seis!

—Me levantaré a las siete.

---

84   *Quirusilla*: *Gunnera apiculata*, hierba de la familia de los tréboles, de tallos tiernos y comestibles, de alrededor de un metro de largo y sabor agridulce.
85   *Coturno*: calzado antiguo de alta plataforma que usaban los actores en las tragedias.

—¡Una hora de sueño!... ¡En fin, algo es!

Y poniendo la cabeza bajo la almohada, quedóse dormida.

. . . .

—¡Ah! —dije a Laura, cuando el silencio de las altas horas de la noche nos hubo reunido—, todo el día he pensado con envidia en esa ojeada al hermoso panorama de la patria. ¡Dichoso quien puede ir a buscar, en los grandes dolores del alma, aquel oasis bendito!

—Sin embargo —replicó ella— a medida que el tiempo transcurría, las gozosas impresiones del regreso a la patria se desvanecían; y las sombras de una tristeza insuperable comenzaban a oscurecer mi alma. Los recuerdos de la infancia, que fueron siempre mi refugio contra el dolor, evocados allí, en su propio escenario, destrozaban mi corazón con una pena imponderable. ¡Qué diferencia de aquel tiempo a éste! Cobijábame entonces el ala protectora de dos seres tutelares: mi padre y mi abuela, aquellas dos veces madre que vivía de mi vida. Ahora... ahora ellos dormían en la tumba; y yo allí, en la casa paterna, al lado de mi cuna, encontrábame sola; sola, porque el amor de mis tías, viejas solteronas, resentíase asaz de egoísmo y decrepitud. Aquellos corazones desecados por el aislamiento del alma, lejos de reverdecer al contacto de mi joven existencia, habrían querido encerrarla en el radio estrecho de la suya, pálida y destruida. Pesábanles las horas que pasaba con mis compañeras, bailando o paseando; y exigían de mí que consagrara mis veladas a escucharlas hablar de Chiclana[86], de Belgrano [87] y Puey-rredón[88], héroes legendarios ciertamente, pero que maldita gracia me

---

86   *Chiclana*: Feliciano Antonio (1761-1826) abogado argentino. Participó en la resistencia a las Invasiones Inglesas y en la Revolución de Mayo. Fue gobernador de Salta y en 1811 integró el Primer Triunvirato.

87   *Belgrano*: Manuel (1770-1820) abogado y economista argentino, en 1794 fue nombrado Secretario del Consulado de Buenos Aires, para promover el desarrollo económico de la región. Impulsor de la Revolución de Mayo, integró la Primera Junta en condición de vocal. Designado al frente de la la campaña del Paraguay y de la Segunda Expedición al Alto Perú, combatió en varias batallas con suerte diversa, destacándose los triunfos de Salta y Tucumán. En 1812 estando al mando del Ejército del Norte acuartelado en Jujuy, al comenzar los realistas la ofensiva ordenó el famoso Éxodo Jujeño hacia Tucumán, ocasión en que los habitantes de Jujuy y de Salta abandonan sus hogares arrasando todo a su paso, para dejar a los realistas sin víveres. Fue el creador de la bandera argentina.

88   *Pueyrredón*: Juan Martín de (1777-1850) comerciante radicado en Buenos Aires. Durante las invasiones inglesas fue nombrado teniente coronel del ejército por Santiago de Liniers y confirmado en tal cargo por el rey. Enviado a España para transmitir las novedades de la reconquista, la decadencia del gobierno español lo convenció para apoyar la independencia. Nombrado Gobernador de Córdoba por la junta patriótica fue presidente de la Audiencia de Charcas. Luego de la derrota de Huaqui (1811) reorganizó el

hacían en la actual situación de mi ánimo.

Quedábame el cariño incansable de Anselma; pero la pobre vieja vivía en el pasado; y sus recuerdos, empapados en la amargura de las comparaciones aumentaban mis penas.

¿Qué diré? Los goces mismos que en los primeros días de mi llegada saboreaba con embriaguez, comenzaron a parecerme tristes. Buscaba en ellos la radiante alegría de otro tiempo, sin pensar que la había dejado, como el toisón de los rebaños, en las zarzas del camino.

Por vez primera en mi vida, vi venir el tedio, esa extraña dolencia, mezcla confusa de tristeza, enfado y desaliento; de hastío de sí propio y de los otros, dolencia mortal para las almas entusiastas. Mi salud comenzó a sentir la influencia de aquel estado moral y decaía visiblemente.

Seducida por los encantos de la patria, había olvidado las nómades prescripciones del joven tísico; pero la tos vino luego a recordármelas con su fúnebre tañido.

Como en Lima, huyamos –díjeme–, busquemos otros aires, y sobre todo, horizontes desconocidos, que no despierten ningún recuerdo.

Pero ¡ay! al visitar mi bolsillo, encontréle vacío: el contenido de la famosa alcancía había desaparecido.

Era que, en medio a las alegrías del regreso, me eché a gastar como una princesa rusa; y con gran disgusto de Anselma, y a pesar de sus sermones, mi exiguo tesoro había ido a parar en manos de las antiguas criadas de casa, de las pobres de mi abuela, y de los vendedores de *patai*, de *quirucillas*[89] y *lachihuanas*[90].

¿Qué hacer? –me preguntaba yo, sin poder solucionar esta difícil cuestión. Y cada día sentíame más abatida y enferma; y lo peor era que mis amigas rehusaban creerlo, y me arrastraban consigo a bailes, banquetes y largas veladas que agravaban mi mal, sin que me fuera posible sustraerme a aquellas exigencias, desprovista, como estaba de ese móvil indispensable de locomoción: el dinero.

En uno de mis más angustiosos días, cuando sentía ya llegar la fiebre, y que el ahogo oprimía mi pecho, preséntanseme de repente dos hombres montados en magníficos caballos, trayendo otros iguales del diestro.

Ejército del Norte y recomendó como comandante a Manuel Belgrano. Miembro del Segundo Triunvirato de gobierno fue luego representante de la provincia de San Luis en el Congreso de Tucumán. Entre 1816 y 1819 fue Director Supremo y principal apoyo de la expedición libertadora de San Martín a Chile y Perú. Terminado su mandato caracterizado por su moderación se ausentó a Europa por un año; en 1829 trató de lograr la paz entre Lavalle y Rosas; el resto de su vida la pasó sosegadamente en su finca de San Isidro, provincia de Buenos Aires.

89   *Quirusilla*: hierba de sabor agridulce.
90   *Lachihuana*: miel de avispas.

Una carta que me entregaron me instruyó de que eran enviados por un hermano que yo no conocí, y que me invitaba a que fuera a pasar algún tiempo en la hacienda donde vivía retirado con su esposa y sus hijos.

¡Vi el cielo abierto! no sólo por la dicha de abrazar a aquel hermano querido; sino por el deseo de morar en una soledad agreste, extraviándome en los bosques, aspirando la atmósfera de los inmensos espacios.

Y luego, esos parajes que iba a visitar éranme enteramente desconocidos; mi existencia allí sería del todo nueva, y sin relación alguna con la anterior.

Aquella solución de continuidad entre el presente y el pasado, placía al estado de mi alma: parecíame un abismo que iba a separarme de mis penas.

Di a mis conductores la lista de los objetos necesarios para el viaje; y ellos lo arreglaron todo en menos de doce horas.

Debíamos marchar al amanecer del siguiente día; y yo aguardaba esa hora para instruir a mis tías de mi resolución. Anselma lo sabía; pero convencida de que aquel viaje era necesario a mi salud, y no pudiendo seguirme, no tan sólo por sus años, sino por la falta que haría a mis tías, reducíase a llorar en silencio. El alma de la pobre negra era toda abnegación.

Preocupada con la idea del dolor que mi ausencia iba a derramar en aquella casa donde poco antes trajera la alegría, dormime esa noche con un sueño triste y poblado de pesadillas. Escuchabas gritos, llantos, rumores de armas y de instrumentos bélicos que me despertaron.

Salté de la cama y corrí a abrir una ventana para disipar mis terrores. Pero el espectáculo que se ofreció a mi primera mirada, me hizo creer que mi sueño continuaba todavía.

Laura se interrumpió de pronto; y dirigiendo una mirada al espacio tenebroso que se extendía bajo las enramadas del jardín al otro lado de la ventana:

—¡Ah! –exclamó– la noche está muy oscura para atravesar el lago de sangre en que flotará mi narración. ¡Tengo miedo!

Y cerrando las cortinas, agazapóse entre las sábanas y guardó silencio.

—Permíteme que te aplique la frase del supuesto bandido de tu historia –dije a Laura, cuando las altas horas de la noche siguiente nos hubieron reunido—: *¡En materia de valiente eres una miseria!* ¿Te arredra la oscuridad?

Pues he ahí nuestra lámpara con su pantalla color de rosa para nacarar tu relato. ¿Qué más quieres? ¿Que cierre esta ventana de donde se divisan las profundidades sombrosas del platanal?

¡Ya está! Prosigue, pues, la historia. La primera mirada que dirigiste a las calles de nuestra ciudad te hizo creer que tu pesadilla continuaba.

—Apenas alumbradas por el primer destello del alba —continuó Laura—, estaban llenas de gente y cortadas por fuertes barricadas. Guarnecíanlas ciudadanos armados de rifles, carabinas, fusiles, escopetas, trabucos y de cuanta arma de fuego ha producido la mecánica.

Aquellos hombres, casi todos jóvenes, elegantes, primorosos, habituados a las pacíficas transacciones del comercio y a la dulce sociedad de los salones, estaban desconocidos, transfigurados. El arma al brazo, la voz breve, el ceño adusto, parecían antiguos soldados, avezados al duro oficio de la guerra.

Recordé entonces que desde muchos días antes pesaba sobre nosotros una terrible amenaza.

Un bandido feroz, uno de esos monstruos que produce con frecuencia la falda oriental de los Andes, había enarbolado la bandera fatídica de la Mazhorca, y a la cabeza de un ejército formado de la hez de los criminales, se dirigía a las provincias del Norte, dejando en pos de sí el pillaje, el incendio y el asesinato.

Ya habrás adivinado que hablo de Varela[91].

Su solo nombre llenaba de indignación a los hombres y de espanto a las mujeres; porque sabido era que aquel malvado arrastraba consigo, extenuadas, moribundas de fatiga, de miedo y de vergüenza, una falange de hermosas vírgenes, arrebatadas de sus hogares, de entre los brazos de sus madres, y hasta del recinto sagrado del claustro.

91   *Varela*: Felipe (estanciero de La Rioja, combatió en la Coalición del Norte y bajo las órdenes de Vicente (Chacho) Peñaloza e intervino junto a éste en las sublevaciones de 1862 y 1863. Opuesto a la Guerra de Paraguay vendió su estancia, compró armas en Chile, equipó unos cuantos exiliados argentinos y atravesó los Andes con dos batallones formados por chilenos y algunos emigrados argentinos dispuestos a enfrentar al gobierno de Mitre. Mientras esperaba el pronunciamiento de Urquiza contra Mitre los 200 integrantes de su pequeña montonera original se convirtieron en marzo de 1867 en un "ejército" de 4000 hombres, al incorporar gauchos de San Juan, La Rioja, Catamarca, Tucumán y Santiago del Estero. Fué derrotado por las fuerzas mitristas en San Ignacio y Pozo de Vargas (1° y 10 de abril de 1867), pero repuso sus fuerzas y tomó la ciudad de Salta en octubre 1867, con el objetivo de aprovisionarse de cañones y armas. En noviembre su influencia llegaba hasta la frontera con Bolivia, culminando el primer capítulo de la montonera. El segundo capítulo se inició con el fusilamiento del caudillo riojano Aurelio Zalazar, conductor también de montoneras. Varela, indignado, se lanzó nuevamente a la guerra contra el orden mitrista durante la Navidad de 1868. Fue definitivamente derrotado el 12 de enero de 1869 en Pastos Grandes.

Las fuerzas de línea que guarnecían la ciudad habían salido a su encuentro; mas él lo eludió tomando la vía de las alturas; y una vez libre su camino, descendió con la rapidez de un torrente, atravesó el valle a favor de la noche, y cayó de súbito sobre la ciudad indefensa.

Pero sus hijos, más que pueblo alguno, poseen la ciencia de la guerra. Arrullados con la historia de los gloriosos hechos de sus padres en la grandiosa epopeya de la independencia, son soldados desde la cuna; y el más acicalado *dandy* puede dirigir un ataque o sostener una defensa con la estrategia de un veterano.

Así, desde el negociante hasta el dependiente de mostrador, desde el abogado hasta el amanuense, los profesores y los alumnos, los amos y los criados, todos, a la aparición repentina del enemigo, alzáronse como un solo hombre, y armándose de la manera que les fue posible, corrieron a defender sus hogares.

Era verdaderamente admirable la energía, el denuedo con que aquellos hombres en el corto número de noventa, repartidos en ocho débiles barricadas, rechazaban las cargas de esos vándalos de horrible aspecto que cabalgando en poderosos caballos avezados al combate, armados de rifles de largo alcance, se precipitaban en masa contra aquellas improvisadas fortificaciones, acribillándolas con un nutrido fuego.

Ellos los dejaban acercar hasta que los cascos de sus corceles tocaran el borde del foso. Entonces de cada barricada partían nueve balas certeras que derribaban otros tantos jinetes.

Los invasores, detenidos por aquel débil obstáculo rugían de rabia; pero veíanse forzados a retroceder, porque de lo alto de las azoteas, manos invisibles arrojaban sobre ellos una lluvia de piedras que sembró las calles de cadáveres.

Antes que el combate se empeñara, habíame yo refugiado en el convento de la Bernardas. Quise reunirme a Carmela; pero la portera me dijo que la comunidad se hallaba en el templo ante el Santuario descubierto, cantando el *miserere*.

El claustro estaba lleno de señoras que como yo, se habían aislado allí y separadas en grupos, postradas en tierra, oraban, trémulas de espanto.

En cuanto a mí, demasiado turbado estaba mi espíritu para poder elevarse a Dios. Inquieta por la suerte del combate, arrepentíame ya de haberme encerrado en aquel recinto amurallado sin vista exterior, cuando pensé en la torre del convento, observatorio magnífico donde podía mirar sin riesgo de ser vista.

Un momento después, encontrábame sentada en un andamio de su último piso, junto al nido de una lechuza, que al verme se voló dando siniestros graznidos.

Horrible fue el espectáculo que se ofreció a mis ojos desde aquella altura que dominaba todas las barricadas.

Sus defensores, después de seis horas de heroica resistencia, reducidos al tercio de su número, agotadas sus municiones, no se desanimaron por eso: quemando su último cartucho, empuñaron sus fusiles por el cañón, y esperaron a pie firme.

Pero los asaltantes, alentados por el silencio de las barricadas, cayeron en masa sobre ellas, las forzaron, sacrificando a los bravos que las guardaban y se derramaron en la ciudad como fieras hambrientas matando, robando, destruyendo.

Cuántas escenas de horror contemplé desde el escondite aéreo en que me hallaba agazapada y temblando de miedo, porque veía acercarse a aquellos bárbaros lanza en ristre y los fusiles humeantes, vociferando, no con acento humano, sino con feroces aullidos.

De repente, el grito de "¡Al convento!" resonó entre ellos; y como una bandada de aves de rapiña sobre su presa, arrojáronse sobre el santo asilo de las vírgenes cuyos cantos llegaban a su oído repetidos por las bóvedas sagradas.

Helada de terror, volví los ojos con angustia hacia la puerta del convento.

De pie en el umbral, y armados de *revolvers*, dos hombres la guardaban.

La posición vertical en que me hallaba respecto a ellos, no me permitía ver el rostro de aquellos hombres; pero sí la varonil apostura de ambos, y su actitud enérgica y resuelta. Apoyada una mano en el postigo y tendiendo con la otra hacia los agresores el cañón mortífero de su arma, parecían, más que seres humanos, evocaciones fantásticas de una leyenda osiánica [92].

Sin embargo, los bandidos, fiados en su número, y animados por

---

92 *Osiánica*: relativo al ciclo de Finn, o ciclo osiánico de la mitología celta, recopilado por el escritor inglés James Macpherson (1736-1796) en su libro *The Works of Ossian*.

toda suerte de codicias, ensangrentadas, horribles, blandiendo sus lanzas, echaron pie a tierra y se abalanzaron a la puerta con feroz algazara.

Pero doce balas certeras derribaron en un momento a otros tantos de aquellos malvados.

A pesar de su arrojo, la horda salvaje retrocedió. No atreviéndose a acercarse, ni aun al alcance de sus lanzas, a los denodados defensores del convento, echaron mano a los rifles e hicieron sobre ellos una descarga.

Uno de aquellos héroes quedó en pie, el otro cayó exclamando:

—¡Sálvela usted, coronel!... ¡o mátela, si no puede salvarla!...

Al eco de aquella voz mi corazón se estremeció: había reconocido a Enrique Ariel.

El sobreviviente se arrojó delante de su exánime compañero, abarcando con los brazos extendidos el ámbito de la puerta, ceñudo, terrible, impreso en su semblante una resolución desesperada.

Pero en ese momento, gritos prolongados de terror resonaron por todas partes, repitiendo el nombre de Novaro[93].

El grupo de asesinos, poseído de un repentino miedo, volvió cara, y se dijo a una precipitada fuga.

Apresuréme a bajar para ir en auxilio del que yacía en la puerta, inmóvil, y al parecer sin vida.

En el claustro encontré dos religiosas.

—¡Laura! –exclamó una de ellas, levantando su velo.

Era Carmela.

—¿Adónde vas? –preguntéle estrechándola en mis brazos, profundamente inquieta por la dirección que llevaba.

—La superiora nos envía en socorro del héroe que en defensa nuestra ha caído bajo las balas de los profanadores del santuario –contestó ella siguiendo deprisa su camino.

—¡Oh! ¡Dios! –exclamó procurando detenerla– ¿sabes tú quién es?

Carmela palideció; fijó en mí una mirada suprema y exhalando un grito, escapóse de mis manos, y se lanzó a la puerta.

Cuando su compañera y yo llegamos a ella, Carmela, arrodillada, sostenía en sus brazos el cuerpo inerte del bello cubano, cuyo pálido rostro estaba reclinado en su seno.

En ese momento, el doctor Mendieta llegaba conducido por el coronel.

---

93   *Novaro*: nombre ficticio que oculta el personaje de Manuel Navarro, militar argentino, perseguidor de Varela y luego gobernador de Catamarca.

—¡Hele ahí, doctor! –díjole éste–. ¿Hay alguna esperanza?

El médico se inclinó sobre el cuerpo de Ariel, y puso la mano en su cuello.

—Vive todavía; pero...

Y el facultativo movió la cabeza con desaliento.

—¡Doctor! –murmuró Carmela–, mi vida por la suya.

Estas palabras despertaron un eco en el corazón del moribundo, que abrió los ojos, fijándolos en Carmela con una expresión inefable de amor.

—¡Ángel del cielo! –exclamó– ¡si no es un sueño esta hora venturosa que realiza todos mis votos, bendita sea!... ¡Así quería vivir!... ¡así... deseaba morir!

Su mano desfallecida buscó la mano de Carmela; llevóla sobre el corazón, y expiró.

En el momento que Ariel daba ese adiós a la vida, las puertas del templo se abrieron, y la abadesa seguida de su comunidad se adelantó hacia nosotros.

Esta mujer, cuyas canas y hundidos ojos mostraban que había vivido y sufrido, adivinó con una mirada el drama que yo sola conocía; y las palabras que los otros creyeron un delirio de la agonía, tuvieron para ella su verdadero sentido. Grave y triste arrodillóse al lado del cadáver, hizo sobre él el signo de la cruz, y volviéndose hacia el doctor y el coronel:

—Los restos del héroe que ha muerto en defensa nuestra –les dijo– nos pertenecen y deben reposar entre nosotras.

Un rayo de gozo brilló en la pálida frente de Carmela, que juntando las manos, elevó al cielo sus ojos con expresión de gratitud.

A una seña de la abadesa, las filas se abrieron, dando paso a cuatro religiosas que conducían un féretro.

Carmela, con el valor estoico de una mártir, colocó sobre su último lecho el cuerpo inanimado de su amante; bajó su velo, cruzó los brazos, e inclinada la cabeza, fue a tomar su puesto en la fúnebre procesión que desapareció entre las sombras del templo, cuyas puertas se cerraron, quedando solos ante el umbral ensangrentado, el coronel, el doctor y yo, como sonámbulos bajo la influencia de una pesadilla.

Así acabó la amorosa odisea del desierto de Atacama, contemplada por mí, unas veces con piedad, otras con envidia.

¡Pobre Carmela! Ese dolor inmenso, el más terrible que puede sentir el alma humana, era la única felicidad posible para su amor sin esperanza. La vida ponía una barrera insuperable entre ella y su amante: la muerte se lo daba.

Una oleada de gente que salía del convento invadió el atrio, separándome del doctor y del coronel.

Eran las familias refugiadas en el convento, que a la noticia de la repentina fuga del enemigo, corrían en busca de sus padres, hijos y esposos muertos quizá en el combate.

Impelida por la multitud, bajé aquella calle regada de sangre y sembrada de cadáveres.

El aire estaba poblado de gemidos. Aquí, una madre encontraba el cuerpo mutilado de su hijo; allí, una esposa caía sobre los restos ensangrentados de su marido; más allá, un anciano, acribillado de heridas, expiraba en los brazos de la hija que quisiera defender.

¡Y también, cuántas exclamaciones de gozo!

Se llamaban, se encontraban, se reconocían y se abrazaban.

—¡Vives!

—¡Te has salvado!

—¡Vuelvo a verte! ¡qué dicha!... ¿Estás herido?... ¡No! ¡Gracias, Dios mío!

Y sobre los escombros de los mobiliarios destruidos, llevaban en triunfo a esos seres amados al seno de sus hogares.

Cuando llegué a casa, encontré a mamá Anselma llorando, sentada en el umbral de la puerta. La pobre vieja creíame degollada por los anchos cuchillos que había visto relucir en manos de aquellos bandidos.

Mis tías, levantadas desde el alba, como acostumbraban hacerlo siempre, lavadas, peinadas y vestidas, platicaban tranquilas en el estrado, muy ajenas a lo que pasaba; pues Anselma, en su afectuosa solicitud, nada les había dicho de ello; y como eran sordas no oyeron las detonaciones del combate; y en tanto que en torno suyo corrían torrentes de sangre, las buenas señoras reían y hablaban de sus mocedades, admirándose solamente de la extraña preocupación de Anselma, que entraba y salía, sin acordarse de servirlas el almuerzo.

Pero cuando yo les referí los horrores de aquella mañana; el pillaje,

el asesinato y las violencias de que la ciudad fuera teatro durante dos horas, pensaron morirse de terror, y acusaron a Anselma de haberlas expuesto con su silencio, a ser la presa de aquellos bárbaros.

—¿Para qué había de alarmar a sus mercedes? –decía cándidamente Anselma– ¿qué podía sucedernos? Los años son nuestros mejores guardianes en casos semejantes.

Afortunadamente, mis tías no podían oír esta herejía, que jamás habrían perdonado a la pobre Anselma; pues en su calidad de solteronas no querían ser viejas.

En tanto, y mientras las tropas auxiliares perseguían a los invasores, que huían despavoridos, la devastada ciudad se entregaba al duelo por sus hijos muertos en defensa suya.

Un inmenso lamento se alzaba por todas partes, mezclado al lúgubre tañido de las campanas. Grupos de mujeres llorosas, desmelenadas, recorrían las calles, invocando nombres queridos, con todos los gritos del dolor; y durante cuatro días, los templos, convertidos en capillas ardientes, resonaron con los fúnebres cantos de Job y Exequías.

Hube de retardar mi partida para acompañar a mis amigas en aquellas dolorosas ceremonias; pero una vez cumplido este deber, díme prisa a dejar la ciudad, cuya tristeza pesaba sobre mi corazón de un modo imponderable.

Mis conductores, contentos de llevar a sus hogares toda una ilíada de sangrientos relatos, presentáronse una mañana jinetes en magníficos caballos chapeados[94] de plata.

Eran dos mocetones fronterizos de arrogante apostura; y el pintoresco *chiripá*[95] que vestían les daba un aspecto oriental, de tal manera esplendoroso, que me avergoncé de entregar mi pobre equipaje a tan lujosos personajes.

Pero ellos, con esa sencillez, mezcla de benevolencia y dignidad característica en los gauchos, lo arreglaron todo en un instante. Ensillaron un lindo caballito negro que me había enviado mi hermano; trenzáronle la crin, no sin dirigirle picantes felicitaciones, y con el sombrero en la mano presentáronme el estribo.

Mis tías dormían todavía. Dejéles una carta de adiós; y abrazando a Anselma, que lloraba amargamente, por más que la prometiera regresar luego, puse el pie en la mano que uno de mis conductores me

94 *Chapeados*: con pretales adornados con chapas de plata y oro.
95 *Chiripá*: En la lengua quechua, significa "para el frío", especie de manta, muy parecida al poncho y que se sujetaba a la cintura con el ceñidor o la faja.

ofreció con graciosa galantería; monté, y partí entre aquellos dos primorosos escuderos.

Al dejar a Salta, llevaba en el corazón un recuerdo tierno y doloroso: ¡Carmela! Aunque ella rehusara verme, apesarábame la idea de alejarme sin dejarle un adiós.

Así reflexionando, guiaba maquinalmente en dirección al monasterio.

Mis compañeros notaron sin duda este desvío del camino que llevábamos; pero callaron por discreción, y me siguieron en silencio.

Eché pie a tierra, y rogándoles que me aguardaran a la puerta, alleguéme al torno, pregunté por sor Carmela, y le escribí dos líneas de afectuosa despedida.

Cuál fue mi gozo cuando me dijeron que iba a recibirme en el locutorio. Esperaba hacía algunos momentos cuando la vi venir a mí, levantando el velo y caminando con lentos pasos.

¡Cuánto había cambiado! Carmela no era ya una mujer: su voluptuosa hermosura terrestre habíase trasformado en la belleza ideal e impalpable de los ángeles, y las tempestades de su alma en esa mística serenidad, primer albor de la bienaventuranza.

—Háblame de él —me dijo—, no temas que su recuerdo turbe la paz de mi espíritu. El mundo me ha dado cuanto podía yo pedirle: las cenizas de mi esposo. Prosternada al lado de esas sagradas reliquias, espero tranquila la hora bendita en que mi alma vaya a unirse con la suya en la mansión del amor eterno.

Hablando así, elevados al cielo sus bellos ojos y las manos de diáfana blancura, Carmela semejaba a un ángel, pronto a remontar el vuelo hacia su celeste patria.

Largo rato platicamos, inclinada la una hacia la otra, al través de la doble reja que dividía el locutorio en dos zonas, una luminosa, otra sombría.

Parecíamos dos almas comunicándose entre la vida y la eternidad.

Mis conductores esperaban.

—¡Adiós! —me dijo Carmela, dejando caer sobre su rostro el velo para ocultar una lágrima— ¡adiós, querida Laura! Probable es que no volvamos a vernos más en este mundo; pero acuérdate que Ariel y yo te esperamos en el cielo...

Y nos separamos.

Laura se interrumpió de repente. El ahogo, resto de su cruel enfermedad, anudó la voz en su garganta, y le ocasionó un síncope[96] que duró algunos minutos.

Prodiguéle socorros, y logré reanimarla.

—Pero, hija mía –la dije–, esto es horrible, y preciso es llamar al doctor P.

—¿Quieres que vuelva a caer en ese pozo de arsénico?

—¡Ha sanado a tantos con ese remedio!

—El mío es el del Judío Errante[97], ¡Anda! ¡anda!

—¡Partir! ¿No te cansa ese eterno viajar?

—Es necesario; pues que sólo así puedo vivir.

—Pero, desdichada, ¿y nuestras conferencias?

—Las escribiré en todas las etapas de mi camino, y te llegarán por entregas, como las novelas que vende Miló de la Roca.

—¡Bah! duerme, que mañana pensarás de otro modo.

Sin embargo, Laura tenía tal horror a su dolencia, que al siguiente día, arrancábase llorando de mis brazos y se embarcó para Chile. Pero fiel a su promesa, a la vuelta de vapor, recibí la continuación de su relato, escrito en la forma ofrecida por ella.

—Encuéntrome –decía– bajo las verdes arboledas de la Serena, en este bello Chile de azulado cielo y pintorescos paisajes.

Desde el sitio donde te escribo descúbrense perspectivas encantadoras, de aquellas que según Alejandro Dumas hacen palidecer la inspiración. Así, no busques flores en mi relato, y acógelo como va.

96   *Síncope*: pérdida repentina del conocimiento debida a la paralización súbita y momentánea de la acción del corazón.

97   *Judío Errante*: personaje legendario, condenado a la inmortalidad y al movimiento sin descanso it por haberse burlado de Jesús cuando iba en camino a la crucifixión. A partir de la época medieval (s. XIII) hay muchos poemas, obras de teatro y novelas que refieren al Judío Errante, muy popular como tema en los s. XVIII y XIX.

– I –

Un drama y un idilio

Carmela y yo nos separamos.

Ella absorta en celestes esperanzas, abismada yo en terrestres dolores.

Mis compañeros viéndome profundamente conmovida, guardaron largo tiempo silencio, respetando el mío; deferencia inapreciable en los hombres de su raza; porque el gaucho tiene constante necesidad de expansión; y cuando no habla, canta.

Así pasamos delante del cementerio, donde en aquel momento estaban sepultando a los que en el combate murieron; y atravesamos el Portezuelo, especie de abra entre las vertientes del San Bernardo, desde donde se divisa la ciudad, y se la pierde de vista al dejarla.

Allí quedaba Salta con mis alegrías del presente y los recuerdos del pasado. Detrás de esa abra, alzábase un horizonte desconocido: ¿Qué había más allá de sus azules lontananzas?...

El ruido seco de un eslabón, chocando contra el pedernal, me despertó de la abstracción en que yacía.

Uno de mis compañeros hacía fuego y encendía su cigarro. El otro lo imitó.

—¡Oh! ¡señores! —exclamé— perdón por la enfadosa compañía que vengo haciendo a ustedes, pues ¿no estoy embargada en lúgubres meditaciones en vez de extasiarme ante este hermoso paisaje, animado por la dorada luz de esta bella alborada? Pero toda falta tiene enmienda; y para rescatar la mía, voy a obsequiar a ustedes un trozo de música que será de su agrado.

Y preocupada todavía por la memoria del infortunado amante de Carmela, canté *"¡O bell'alma ennmorata!"*, dando el pesar a mi voz un acento lastimero que arrancó lágrimas a los ojos de mis acompañantes.

—¡Ah! ¡qué *lástima* —exclamó uno de ellos— cantar tan bien y en *lengua*!

—Un gemido puede expresar todo linaje de penas.

—Sí, pero yo deseara saber si esa pena es del linaje de la mía.

—Pues bien, he aquí cómo un gran poeta argentino confía la suya a las ondas del Plata.

Y canté "Una lágrima de amor"[98].

Ellos también cantaron, ambos con magnífica voz, el uno "La Calandria", el otro, la doliente endecha de Güemes, "¿Dónde estás astro del cielo?".

Nuestros cantos, mezclándose al coro melodioso de las aves, al susurro de la fronda, a las ondas de perfume que la brisa de los floridos campos, formaban un concierto de delicias que arrobó mis sentidos y elevó mi alma a Dios. Arrebatada de un santo entusiasmo, y bañados en lágrimas los ojos, entoné el himno de los tres profetas:

—"¡Inmenso universo, obra del Señor:

¡Alabad al Señor!".

Mis compañeros se descubrieron, y con la cabeza inclinada, cruzados los brazos sobre el pecho, escucharon con silencioso recogimiento.

Esos hijos de la naturaleza llevan el sentimiento religioso profundamente grabado en su alma.

Cantando, meditando y departiendo así, habíamos dejado atrás Lagunilla, Cobos, con sus huertos de naranjos y sus bosques de *Yuchanes* [99], y llegamos al lugar donde se bifurca el camino carretero, for-

---

98 *Una lágrima de amor*: canción con música de Casildo Thompson (1823-1876), militar y músico argentino de color, y letra de Juan María Gutiérrez (1809-1878), y que junto con otras suyas fue editada por la casa alemana A.G. Lichtenberh de Leipzig, Alemania.

99 *Yuchán*: palabra quechua para designar al *Chorisia insignis*, "palo borracho"; árbol de follaje caduco de 8 a 15 m con el tronco espinoso, frecuentemente ensanchado en la base, y flores blancas o rosadas.

mando los ramales del Pasaje y de las Cuestas, que debíamos nosotros seguir.

Era tarde; el sol habíase ocultado y nos detuvimos en el *Puesto* de Rioblanco.

El puestero nos recibió muy afable y me ofreció su rancho. Habitábanlo él, su mujer y tres niños. Uno de ellos tenía los cabellos blondos, azules los ojos y era bello como un serafín[100].

—¡Qué lindos niños! –dije a la puestera–. ¿Son de usted, amiga mía?

—Estos dos, sí, señora.

—¿Y este rubito? –insistí, acariciando los dorados cabellos de la preciosa cabecita.

—¡Ay! señora, el rubio es una historia tristísima –y volviéndose a los niños–: vaya, *guaguas*[101] –les dijo–, a recoger leña, hijos, y encender el fuego, que voy a hacer la merienda.

Los niños corrieron hacia los tuscales[102] vecinos.

—Y bien –dije a la puestera–, ¿qué hay respecto a ese angelito?

—¡Ah! señora, poco sé del pobrecito, pero todo ello es muy lastimoso.

Hace tres años, cuando estábamos recién establecidos en este puesto, un día que estaba yo haciendo la comida en ese fogón que usted ve bajo el algarrobo[103], vi llegar un hombre flaco y pálido en un caballo *despeado*[104]. Traía en sus brazos a un niño flaco y pálido como él, pero lindo como un Jesús. Era el rubio, que entonces tendría dos años.

El hombre me pidió permiso para descansar un rato, y se sentó con el niño al lado del fuego. Entonces advertí que estaban muy fatigados y hambrientos porque ambos tenían los labios secos, y al niño se le iban los ojos dentro de mis ollas con un aire tan triste que me partió el corazón.

Apresuréme a darles de comer y el pobre chiquito, con el último bocado se me quedó dormido en los brazos.

El hombre estaba inquieto y casi no comió.

Como la diferencia del color estaba diciendo que el niño no era su hijo, preguntéle por qué incidente se encontraba en poder suyo.

—¡El destino, señora! –respondió– *cosas del destino*. Volviendo de

---

100 *Serafín*: del hebreo *Serafim*, cada uno de los espíritus bien-aventurados.
101 *Guaguas*: (loc.) niños.
102 *Tuscal*: lugar donde crecen "Tuscas" *Acacia lutea* arbusto espinoso.
103 *Algarrobo*: árbol de madera dura. La corteza se usa para curtir cueros. La goma-resina que expide su tronco se usa para teñir de color oscuro. Su fruto, en vaina, es comestible y muy alimenticio.
104 *Despeado*: dícese de un equino con los cascos lastimados o sin herraduras.

un viaje que hice a San Luis, al entrar en la frontera de Córdoba, pasé por un lugar que acababan de asaltar los indios. Las casas estaban ardiendo, los cadáveres sembrados por todas partes.

Iba ya a alejarme de aquellos horrores, cuando el fondo de una zanja que salté para evitar el calor de las llamas, vi acurrucado al pobre niño, que comenzó a llorar asustado.

Alcélo en mis brazos, lo besé, y envolviéndolo en el poncho, llevéme conmigo este compañero que Dios me enviaba, "Lo criaremos mi hermana y yo", dije, y me dirigí al pago donde vivíamos solos después de la muerte de nuestros padres.

Y anduve tres días durmiendo y *sesteando*[105] en las estancias para conseguir leche con que alimentar a la pobre criatura, que todavía no podía comer.

Llegaba ya a mi casa que divisaba en la falda de una loma, a distancia de dos leguas, cuando sentí detrás tropel de caballos y un ¡alto! imperioso que me mandaba detener.

Era un oficial seguido de ocho soldados, que dándome alcance, ordenóme echar pie a tierra y entregarle mi caballo, porque el suyo estaba cansado.

Por supuesto que yo había de negarme a obedecer. Entonces se abalanzó a mí para cogerme por el cuello, y mandó a sus soldados que se apoderarán del caballo, mi pobre *gateao*[106] que yo crié desde potrillo.

Como el niño llorara de miedo, el oficial le dio un bofetón que yo contesté con una puñalada; y clavando las espuelas a mi caballo salté sobre los soldados y logré escaparme de sus manos, a pesar de las descargas con que me persiguieron.

El fugitivo calló; aguzó el oído, dio una mirada recelosa hacia el lado del camino y prosiguió. Desde entonces, que ya va un mes, ando errante, sin poder trabajar ni volver a mi pago; porque el oficial había muerto en el sitio donde cayó; y como parece que era un jefe de gran valer, tras de mí vinieron requisitorias a los comandantes de partido para que me aprehendieran. He atravesado Santiago y Tucumán, flanqueando los caminos por la ceja[107] de los bosques, temiendo que me reconocieran por la filiación, y me tomaran.

Y contemplando al niño dormido sobre mis rodillas:

—¡Pobrecito! —exclamó— ¡qué vida de infierno trae conmigo, dur-

---

105 *Sestear*: dormir la siesta, costumbre común en el norte argentino donde al mediodía las temperaturas son muy altas.
106 *Gateado*: equino de pelo bayo oscuro y acebrado.
107 *Ceja*: (loc.) borde.

miendo en el duro suelo, alimentándose de algarrobas[108] y bebiendo el agua cenagosa de los charcos! De mí poco me importa; pero sí de él, que es inocente, y recién ha venido a este mundo.

Déjemelo usted –le[109] dije–, lo criaré con mis hijos, que partirán con él mis cuidados y mi amor.

—¡Dios se lo pague, señora! –exclamó el fugitivo–. Yo iba a pedirle ese favor... porque todavía no lo sabe usted todo...

—¿Pues qué hay aún?

—¡Ay! señora, cuando las desgracias vienen sobre un pobre, le toman amor, y ya no quieren dejarlo.

Ayer llegamos al Pasaje muriendo de sed, porque no habíamos probado agua desde el Rosario. Hice beber al niño, y cuando estaba apretando las cinchas para vadear el río, un hombre que bajó detrás de mí acompañado de cuatro peones, se me puso por delante y se quedó mirándome con tanta desvergüenza, que le pregunté si encontraba en mí algo de extraño.

—¡Y lo pregunta el ladronazo! –exclamó con una risa de desprecio– ¡lo pregunta el bribón, y acaba de tomar mi *gateao* de la madrina, casi a mis propios ojos! ¡Mira! Ya puedes soltar ese caballo y largarte con tu recado[110] en la cabeza, que no quiero entregarte a la justicia.

—¿Quieres ser tú quién se largue? –grité encolerizado con aquel infame que, como el otro, quería también quitarme mi caballo, el único bien que poseo. Pero él, asiólo del freno y a mí de cabellos; y llamó a sus peones, que me rodearon empuñando sus cuchillos.

Cegóme de tal manera la rabia al verme tan inícuamente atacado por aquel hombre, que lo desasí de mí con una puñalada; y cogiendo en brazos al niño, y saltando a caballo, me arrojé al río y gané la opuesta orilla.

Uno de los peones acudió en auxilio del herido; los otros me persiguieron.

Logré penetrar en el bosque, me hice perder de vista, y he pasado la noche caminado; pero...

El fugitivo se interrumpió, tendió el oído en ademán de escuchar, y alzándose de repente, corrió a tomar su caballo, montó de un salto, echó a correr y desapareció a tiempo que tres jinetes, saliendo detrás

108   *Algarroba*: fruto del Algarrobo (ver nota 102 p 78)
109   "La" en el original.
110   *Recado*: montura criolla.

aquel recodo del camino lo siguieron a toda brida, guiados por la polvareda que el caballo del pobre perseguido levantaba en su rápida carrera. Llevaban dos carabinas que, mientras corrían, iban preparando.

Quedéme helada de espanto, porque adiviné que aquellos hombres eran los compañeros del agresor que había asaltado al infeliz fugitivo en las orillas del Pasaje; y púseme a orar por él rogando a Dios no permitiera que lo alcanzasen.

Pero ¡ay! que como había dicho él hacía poco, cuando la desgracia viene sobre un hombre, no lo deja ya. Media hora después lo pasaron por allí, enfrente, muerto, tendido sobre aquel caballo, causa de su desventura, y que ahora iba bañado en la sangre de su dueño.

—¡Qué horror! –exclamé–. Pero querida mía ¿no dio usted parte a la autoridad de ese atroz homicidio?

—¡Ay, señora! ¿a quién? Para un pobre no hay justicia. Bien lo sabíamos mi marido y yo; y callamos porque lo único que hubiéramos obtenido habría sido el odio de los mismos jueces, que se hubiesen puesto de parte del agresor.

Lloramos al infeliz que había venido a descansar un momento bajo nuestro techo, y a quien sus asesinos enterraron, como un perro entre las barrancas de *Carnacera*, sobre el camino carril. Para impedir que las bestias pisotearan la pobre sepultura, mi marido puso en ella una tala[111] seca y una cruz. Usted la verá mañana, al pasar por ese paraje.

El rubito quedóse con nosotros; y primero la compasión, después el cariño ha hecho de él, para mi marido y para mí un hijo; para mis niños un hermano. El pobrecito es tan bueno y amable que cada día lo queremos más. ¡Ah! si llegara a parecer su madre, no sé qué sería de mí. Desde luego, tendría que quedarse aquí, porque yo no podría separarme ya de mi rubio.

Departiendo así, sentadas bajo el algarrobo al lado del fuego, la puestera acabó de asar en una brocha de madera un trozo de vaca; vació en una fuente de palo santo el tradicional *apí* [112]; molió en el mortero, rociándolos con crema de leche, algunos puñados de *mistol*[113], y he ahí hecha la más exquisita cena que había gustado en mi vida, y que ella sirvió sobre un cuero de novillo extendido al lado de la lumbre. Enseguida fue a llamar a su marido y a mis conductores, que platicaban sentados al sol poniente; y acomodados, como pudimos, en torno de la im-

---

111 *Tala*: (Celtis spinosa), árbol bajo espinoso , con copa globosa.
112 *Apí*: mazamorra.
113 *Mistol*: *Zizyphus mistol Griseb,* árbol espinoso de 4 a 9 m de altura de tronco gris plateado, da un fruto comestible pequeño y de color castaño rojizo a la madurez.

provisada mesa, hicimos una comida deliciosa; sazonada con la inocente alegría de los niños y los chistes espiritualísimos de los dos elegantes gauchos.

El huerfanito se hallaba entre la puestera y yo. Aunque la buena
mujer lo miraba con la misma ternura que a sus hijos, había en la actitud del pobre niño cierto encogimiento, y en la mirada que alzaba
hacia su bienhechora, una triste sonrisa.

La algarabía de los niños y el alegre canto de las charatas[114] me despertaron al amanecer del siguiente día.

Mis compañeros tomaban mate sentados al lado de una gran
fogata, en tanto que se asaba sobre las brasas el inmenso churrasco que
había de servir para su almuerzo.

Nuestros caballos ensillados pero libres del freno, pastaban la
grama salpicada de rocío, que crecía en torno de la casa.

La puestera coció una torta debajo del rescoldo; ordeñó a dos vacas,
y me dio una taza de apoyo con sopas, desayuno exquisito que no había
probado yo hacía mucho tiempo.

Eran apenas las siete de la mañana, y ya aquella excelente madre
de familia había barrido su casa, arreglado los cuartos, lavado y vestido
a sus niños, molido el maíz, puesto las ollas al fuego, regado la sementera[115] y sentádose al telar.

Nada tan plácido como la vida doméstica entre estos sencillos hijos
de la naturaleza, para quienes la felicidad es tan fácil de conquistar.

¿Un mancebo y una muchacha se aman? Únense luego en matri-
monio, sin preocuparse de si ella no tiene sino una muda de ropa y él
su *apero* y su *chiripá*?

¿Qué importa? La joven novia lleva en dote manos diestras y un
corazón animoso.

Danzando el postrer cielito[116] de la boda y apurada la última copa
de aloja[117], el novio deja la casa de sus suegros llevando a la desposada
en la grupa de su caballo y va a buscar al abrigo de alguna colina y en
la ceja de un bosque el sitio de su morada.

Los vecinos acuden. Las mujeres ayudan a la esposa a confeccionar
la comida, los hombres al marido a cortar madera en la selva.

Unos plantan los horcones, otros pican paja; estos hacen barro;
aquellos atan las vigas con lazos de cuero fresco que cubren con cañas

---

114   *Charata*: *canicollis canicollis*, ave autóctona, faisán o pava del monte.
115   *Sementera*: tierra sembrada.
116   *Cielito*: baile criollo muy antiguo, de moda hacia 1850. Generalmente lo bailaban varias
        parejas que hacían figuras.
117   *Aloja*: Bebida fermentada hecha de algarroba o maíz, y agua.

y barro preparado, echándole encima una capa de juncos.

Y he ahí la casa pronta para recibir a la nueva familia.

Los vecinos se retiran dejando prestado a él un par de bueyes, y una hacha; a ella dos ollas, dos platos y dos cucharas.

El marido corta tuscas en las cañadas inmediatas; las trae a la rastra y forma con ellas el cerco del rastrojo; ara la tierra y siembra maíz. Ella siembra en torno al cerco algodón, azafrán, zapallos, melones y sandías. Toma luego arcilla negra, la amasa y hace cántaros, ollas, artezas y platos. Sécalos al sol, los apila en pirámide cubriéndolos de combustibles, los quema; y he ahí la vajilla de la casa.

La sementera ha crecido; las flores se han convertido en choclos, maíz, zapallos, sandías y melones.

He ahí el alimento que consumen y venden para comprar tabaco, yerba, azúcar, velas, y el peine de un telar.

El algodón y el azafrán maduran; abre el uno sus blancas bellotas, el otro las suyas color de oro. La nueva madre de familia los cosecha. Su ligera rueca confecciona con el uno, desde el grueso pábilo hasta la finísima trama del cendal, que ella teje para sus vestidos de fiesta; de la estofa con que arregla los de su marido, desde la bordada camisa hasta el elegante chiripá teñido color de rosa con las flores del azafrán.

Diciembre llega; y con el cálido sol de este mes la dulcísima algarroba, y el almibarado mistol, que la hija de los campos convierte en patay[118], pastas exquisitas, que quien las ha gustado, prefiérelas a toda la repostería de los confiteros europeos.

De todo esto vende lo que le sobra; con ese producto compra dos terneros *guachos*[119], y plantea con ellos la cría de ganado vacuno. Poco después, merced a las mismas economías, adquiere un par de corderitos; la base de una majada, con que más tarde llena sus zarzos[120] de quesos y su rueca de blanca lana, a la que da luego por medio de tintes extraídos de las ricas maderas de nuestros bosques, los brillantes colores de la púrpura, azul y gualda que mezcla en la urdimbre de *ponchos*[121] y cobertores.

Y cuando el trabajo de la jornada ha concluido, llegado la noche, y que la luna desliza sus rayos al través de la fronda de los algarrobos del patio, la hacendosa mujer tórnase una amartelada[122] zagala[123] y

118   *Patay*: voz quechua, torta de harina de algarroba negra.
119   *Guacho*: del quechua *Wakchu*, huérfano; sin dueño; dícese de la cría huérfana o destetada antes de tiempo.
120   *Zarzo*: tejido de varas, cañas o mimbres que forman un plano.
121   *Poncho*: manta con una abertura central para pasar la cabeza que usan los gauchos sobre los hombros.
122   *Amartelada*: enamorada.
123   *Zagala*: moza doncella; pastora joven.

sentada en las sinuosas raíces del árbol protector, su esposo al lado y entre los brazos la guitarra, cántale tiernas endechas de amor.

—¡Qué feliz existencia! –pensaba yo, alejándome de aquella poética morada.

—Tal fuera mi suerte, si antes que despertara el corazón, no me hubiesen arrancado al suelo de la patria. Unida a uno de sus hijos con el triple vínculo de las ideas, las costumbres y el amor, mis días habrían corrido tranquilos como ese arroyuelo que susurra entre la grama.

Y volviendo una mirada al tormentoso pasado, mi labio murmuraba la doliente exclamación de Atala[124] "¡felices los que no vieron nunca el humo de las fiestas del extranjero!"...

---

124   *Atala*: personaje de la novela homónima de François René de Chateaubriand (1768-1848), escritor y político francés.

– II –

EL DESHEREDADO

Un jinete que sentó su caballo al lado mío desvió el curso de aquellas amargas reflexiones.

Era un hombre al parecer de treinta años, de estatura elevada y fuerte musculatura. El color bronceado de su rostro contrastaba de un modo extraño con sus ojos azules y el blondo ardiente de sus rizados cabellos.

Saludóme con una triste sonrisa; y como en ese momento llegáramos al paraje en que la cruz y la rama de tala señalaban la tumba del fugitivo, detúveme para elevar por él a Dios una plegaria.

—¡Ah, señora! –exclamó el incógnito, viéndome enjugar una lágrima–, dad algo de esa tierna sensibilidad para aquella otra sepultura sin cruz ni sufragio en la que yace olvidada una infeliz mujer víctima del amor maternal.

Y su mano tendida hacia el barranco de Carnaceras, me mostró un montículo de tierra en el fondo de la honda sima al lado del camino.

—¡Oh! ¡Dios! ¿Un asesinato?

—No: una desgracia... Además, ello ocurrió hace muchos años, y... lo que pasa se olvida.

Sonrió con amargo sarcasmo, y haciéndonos un saludo, desvióse del camino y echó pie a tierra, quitó el freno a su caballo y se puso a hacerlo beber en un charco.

—Ese hombre va a bajar al zanjón –dijo uno de mis compañeros.

—¿En qué lo conoces? –preguntó el otro.

—¿No ves que lleva al agua el caballo a esta hora? Claro es que quiere engañarnos.

En ese momento encontrando la bifurcación del camino que se divide en los dos ramales de las Cuestas y del Pasaje, tomamos el primero y perdimos de vista al desconocido caminante.

La ruta que llevábamos, llamada de las Cuestas, extiéndese encajonada entre cerros de aspecto agreste y pintoresco. Raudales de límpida corriente descienden de sus laderas y riegan cañadas cubiertas de arbustos floridos y olorosas plantas cuyo perfume subía hasta nosotros en tibias y embriagantes ráfagas. La más rica paleta no sería bastante para reproducir la esplendente variedad de colores que aquella vegetación ostentaba, desde el verde tierno de los sauces hasta el sombrío de los añosos algarrobos. Y en las sinuosidades de las peñas, en los huecos de los troncos y en las copas de los árboles, anidaba un mundo alado que poblaba el aire de cantos melodiosos.

Hacia la tarde llegamos a una estancia, fin de nuestra etapa, y donde habíamos de pasar la noche. Sorprendióme oír su nombre, Ebrón.

Era una propiedad de mi abuelo materno, y pertenecía ahora a uno de mis tíos, que hallándose ausente, representábalo su administrador, un nieto del antiguo capataz que la dirigía en tiempo de su primer dueño.

Al oír mi nombre, el joven administrador vino a mí, me saludó muy comedido, abrió la sala de recibo y me hizo servir en ella una excelente cena, a la que yo lo invité.

Cenamos alegremente, él, mis compañeros y yo, departiendo sobre la belleza de aquel lugar, la riqueza de sus platos, y la variedad de sus innumerables rebaños que hacía cincuenta años eran comprados con preferencia a los de las otras estancias; y en cuyas ventas, decía el administrador, había el padre del actual propietario realizado inmensas sumas.

Sin embargo, cosa extraña –añadió– a su muerte, que fue súbita, no se encontró en sus arcas sino unas cuantas monedas de plata.

Supúsose que las grandes cantidades de oro en que se apresuraba a convertir el dinero que recibía, las habría él enterrado.

Y en esta esperanza sus hijos removieron los pavimentos, y buscaron en todos sentidos; pero todo inútilmente. El anciano señor, si ocultó su caudal, escondiólo sin duda fuera de la casa.

Usted va a dormir esta noche en su cuarto, y verá las señales de aquellas vanas investigaciones.

En efecto, los ladrillos del pavimento rotos y los hundimientos que en él había por todas partes indicaban las excavaciones practicadas en busca del codiciado tesoro.

Habíanme arreglado el antiguo lecho, enorme monumento de cedro con cariátides[125] esculpidas en los cuatro ángulos, figuras feísimas que me quitaron el sueño y me obligaron al fin a apagar, por no verlas, la bujía que me alumbraba.

Comenzaba a adormecerme cuando me desveló un ruido tenue que parecía venir de una ventana que el calor me obligó a dejar entreabierta. Como ésta daba al campo, creí que aquel ruido sería uno de los infinitos rumores de la noche.

De repente sentí caer un objeto que sonó en el suelo, y casi al mismo tiempo, la ventana se abrió, y un hombre penetró en el cuarto.

Quise saltar de la cama, gritar, pero el temor había paralizado mis miembros y ahogado la voz en mi garganta.

Quedéme inmóvil, muda, yerta[126] de espanto cerrando los ojos y aguardando cuando menos una puñalada.

En vez de esto oí sonar un fósforo.

Cuál sería mi asombro, cuando al abrir de nuevo los ojos encontré delante de mí al viajero que dejáramos dando agua a su caballo en las barrancas de Carnaceras.

No fue menor su sorpresa, al encontrarse conmigo; pero reponiéndose luego, encendió la bujía y volviéndose a mí:

—Ruego a usted, señora –me dijo–, que se tranquilice. Mi intención al introducirme en este cuarto está muy lejos de ser hostil para usted ni para nadie. Vengo solamente, haciendo uso de un legítimo derecho, a tomar lo que me pertenece. Y para que usted se persuada de

125 *Cariátide*: estatua en figura de mujer (u hombre) que actúa como columna o pilastra.
126 *Yerta*: fría, como un cadáver, por efecto del miedo.

ello y no me juzgue un ladrón, dígnese escuchar la historia que voy a referirla.

No sé si la suave voz de aquel hombre o la expresión de sinceridad que caracterizaba su fisonomía: uno y otro quizá, desterraron de mi ánimo todo temor.

Indiquéle un asiento cerca de la cama, y me preparé a escucharlo.

– III –

Las miserias de una madre

El antiguo propietario de estas tierras –comenzó él después que hubo cerrado la ventana, y para mayor precaución apagado la luz– era un hombre rico, pero avaro y perverso...

—Permítame usted decirle –interrumpí– que ese hombre de quien habla fue mi abuelo, y que me es doloroso oírle a usted maltratar su memoria.

—Cuando me haya usted escuchado hasta el fin, juzgará si me excedo en esos calificativos –respondió mi interlocutor con sereno acento, y prosiguió.

Aquel hombre tenía cinco hijos, seres desventurados, que nunca recibieron una caricia ni oyeron una palabra de benevolencia. Él no los amaba, porque de allegar riquezas ocupaba sólo su corazón.

Un día, sin embargo, una fantasía de tirano cruzó su mente.

Entre veinte esclavas que látigo en mano hacía él trabajar en rudas labores, una joven negra fijó su atención.

Amábale con amor correspondido un mancebo esclavo como ella. Pero, ¿qué importaba? Él fue vendido, y ella llevada al tálamo[127] del dueño.

---

127 *Tálamo*: cama de casados, lecho conyugal.

Un año después, María enjugaba sus lágrimas en los pañales de su hijo.

Pero el amo aborrecía al niño porque se parecía a él; y la pobre madre temblaba por la vida de la pobre criatura que no osaba apartar de sus brazos.

En una cacería de fieras, el amo cogió un cachorro de tigre, que trajo consigo a la casa.

—María –dijo a la madre, que, acabadas las faenas del día, daba el pecho a su hijo–, desde hoy destetas a ese chico para criar este animalito. Mañana la mujer del puestero llevará a tu hijo para que tú puedas consagrarte a tus deberes de nodriza.

Un relámpago sombrío fulguró en los ojos de la esclava, que miró a su amo, y no respondió.

Él tomó aquel silencio por una rendida sumisión a su voluntad, y entregándole el tigre retiróse muy contento de arrebatar a aquel pobre niño, hijo suyo, el alimento y los cuidados maternales.

Al mediar de aquella noche, cuando todo dormía en Ebrón, y que el silencio reinaba en torno, la puerta de la casa, abierta por una mano cautelosa, dio salida a una mujer, que llevando entre los brazos un niño dormido, se alejó con paso rápido y desapareció en las sinuosidades de la cañada.

Era la pobre madre que huía de su tirano.

La voz que hablaba tornábase de más en más sombría. Yo la escuchaba aterrada, adivinando las peripecias de un horrible drama.

—La pobre fugitiva –continuó el invisible narrador– caminó largo tiempo sin detenerse, insensible al cansancio y a los terrores de la noche. Un sólo sentimiento la preocupaba, y aguijoneaba sus pasos como la lanza de un enemigo: el temor de volver otra vez al poder de su amo.

Hacia el amanecer, y cuando abrumada de fatiga, buscaba con la vista algún hueco de peña o un matorral donde agazaparse y descansar, el ligero chirrido de una tropa de carretas llegó a su oído, y la advirtió que el camino real no estaba lejos.

La infeliz cobró ánimo y se dirigió hacia el lado de donde el ruido venía.

En efecto, poco después divisó la tropa, que cargada de efectos de ultramar, dirigíase a Salta.

La fugitiva fue a caer a los pies del capataz; le refirió sus infortunios, y le pidió por el amor de Dios que la amparase dándole un asilo.

Dióselo aquel buen hombre compadeciendo de la desgraciada madre, y la ocultó con su niño en el fondo de una carreta, de donde quitado un cajón dejaron un espacio con aire y luz provenientes de la claraboya practicada siempre en la testera de los carros.

Y pasaron las horas, y la desdichada creíase ya libre, y lloraba de gozo sobre la frente de su hijo, que dormía, pegada la boca a su seno.

Pero la tropa llega al desfiladero de Carnaceras, ese paso estrecho que corre entre una barranca y un despeñadero.

La tropa lo pasó sin dificultad; pero uno de los bueyes que conducían la última, aquella en que iba oculta la esclava, aguijoneado con demasiada vivez por el conductor, cejó de un lado, arrastró consigo a los otros, y precipitó la carreta en el fondo del barranco.

—¡Dios mío, Señor! –exclamé llorando– ¿y los pobres fugitivos?...

—La madre, sintiendo caer sobre ellos todo el cargamento de la carretera, en la esperanza de salvar a su hijo, lo arrojó por la claraboya, y ella pereció bajo el peso de veinte grandes cajas llenas de efectos, que amontonándose sobre su cuerpo, lo mutilaron.

—¿Y el pobrecito niño?

—Cayó sobre el camino sin hacerse gran daño. El capataz, dolido de su orfandad llevólo consigo después que hubo enterrado a la madre cerca del sitio de la catástrofe.

—Aquella tumba que se divisa de lo alto del camino...

—Es la suya. Tumba ignorada que no escuchó jamás una plegaria, y donde sepultóse con la pobre esclava la historia de sus desventuras.

Largo silencio siguió a esta triste narración. Oyóse un profundo suspiro y la voz prosiguió:

—El capataz llevó al niño a Tucumán, y lo entregó a su esposa, piadosa mujer, que acabó de criarlo a sus propios pechos, y así como su marido lo amó como a un hijo. El niño creíalos sus padres, y durante treinta años dióles este dulce nombre.

No ha mucho el anciano capataz moría abrumado por la edad en los brazos de aquel que lo llamaba padre.

—Pablo –dijo el moribundo, sintiendo acercarse su postrera hora–, mi deber y tu propio interés me obligan a revelarte un secreto doloroso para ti y para mí. Ten ánimo y escúchalo: yo no soy tu padre. Fuélo un hombre acaudalado pero inícuo y sin corazón, cuyos inmensos bienes a su muerte, súbita, se repartieron sus hijos.

—Aquí refirióle la triste historia de la esclava, y añadió:

—Tú fuiste el desheredado; pero Dios no permite que tales iniquidades se consumen sin grandes castigos o grandes reparaciones...

Cuando la infeliz madre aguardando la hora de su fuga, espiaba, pegados los ojos a la cerradura de la puerta, el momento en que su tirano se entregara al sueño, vióle destornillar la columna de su lecho, que representaban cuatro figuras de madera, y las rellenó de oro, vaciando en ellas su arca.

La esclava no vio más, y huyó, llevando consigo el secreto de aquel tesoro.

Después de su muerte, acaecida pocas horas después que me hubo referido su lastimosa historia, temiendo la fragilidad de la memoria consigné por escrito este hecho en un papel que guardé en el escapulario, esta reliquia que llevo siempre conmigo. Hela aquí: consérvalo en memoria mía, y haz uso para tomar tu herencia, del itinerario que encierra.

Pocos momentos después, el viejo capataz expiró en los brazos de su hijo adoptivo que lo lloró con lágrimas filiales.

Cuando hubo cerrado sus ojos y sepultado su cuerpo al lado de la esposa que lo aguardaba en el cementerio, el hijo de la esclava, solo ya en la tierra, cerró la morada hospitalaria que albergara su infancia, y vino a esta comarca desconocida para él, a cumplir una misión más sagrada todavía.

Llegó al sitio fatal donde la madre pereció y el niño cayera abandonado y huérfano sobre el camino. Descendió al fondo del despeñadero, y allí oculto en el recodo de una peña, fijos los ojos en la pobre sepultura visible solo por el hundimiento del terreno, aguardó un momento en que la soledad del camino le permitiera extraer los queridos restos allí guardados; y robados a la tierra helada del despeñadero, estrechados piadosamente entre sus brazos los ha traído hasta la puerta de esta casa donde lo esperan, en tanto que él de cima a la obra de reparación que aquí lo conduce.

– IV –

El tesoro

A estas palabras encendió la bujía, y a su luz vi al viajero de la mañana pálido, pero sereno, levantarse de la silla en que estaba sentado, y acercándose al lecho, destornillar una a una las cabezas de las cuatros cariátides que formaban sus columnas, hundiendo el brazo en el hueco que dejaban.

Un ruido metálico sonó en aquella cavidad; y el viajero retiró su mano llena de oro, que dejó sobre la cama para hundirla de nuevo.

Cuando hubo vaciado el contenido de las cuatro cariátides, sobre el cobertor de damasco carmesí, brillaba un montón de relucientes onzas que llevaban la efigie de los Borbones.

—Pues que el destino ha reunido aquí a dos herederos de este oro acumulado por un impío –dijo con voz grave el hijo de la esclava–, cúmplase la voluntad del cielo.

Y dividiendo en dos porciones el montón de onzas llenó con la una su cinto y los bolsillos de su ropa; apagó la bujía, saltó de la ventana al campo y desapareció.

El voto de expiación

Quedéme yerta de asombro, casi de espanto, sin osar moverme; porque el sonido de aquel oro que pesaba sobre mí me daba miedo: parecíame el lamento de un alma en pena que gemía entre las tinieblas.

Sin embargo, aquella misma inmovilidad, y el cansancio de una larga jornada adormeciéronme poco a poco, hasta que caí en un sueño profundo que duró hasta el día.

Cuando desperté, por la ventana entreabierta como la dejara en la noche a causa del calor, un alegre rayo de sol penetraba en el cuarto, mostrándome todo en el mismo estado que se encontraba la víspera; todo desde las cariátides con sus cabezas coronadas de acanto hasta la reja de la ventana, guarnecida con todos sus fuertes barrotes de madera.

La aparición del nocturno visitante, su lastimera historia, el tesoro descubierto, el terror que me inspirara, todo esto me pareció el desvarío de una pesadilla.

Pero al incorporarme en la cama, la vista del áureo montón de monedas que brillaban sobre el cobertor carmesí, volvióme a la realidad, convenciéndome que era cierto cuanto había visto, y que aquel pariente caído de las nubes acababa de darme parte en su herencia.

La vista de oro es deliciosa, por más que calumnien llamándolo funesto, a ese precioso metal.

—¡Funesto! –me decía yo, haciendo bailar las onzas sobre el rojo tapiz–. ¡Ah! eso depende de las manos en que cae. Pues yo me propongo hacerlo servir para las cosas más buenas del mundo.

Y me echaba a imaginar cuántos magníficos regalos haría a mi madre y mis hermanos.

Y oleadas de brillantes, de esmeraldas, de tul, raso y cachemiras, cruzaban mi mente trasformados en collares, piochas[128], anillos, chales, túnicas, velos y manteletas primorosamente llevadas en saraos y fiestas.

De súbito el espléndido menaje desvanecióse ante este lúgubre pensamiento:

Ese oro estaba regado con las lágrimas de los desgraciados esclavos sacrificados a un rudo trabajo por la avaricia de mi abuelo.

—¡Pues bien! redimamos su crimen –exclamé.

---

128 *Piocha*: joya de adorno que usan las mujeres en la cabeza; adorno femenino en forma de flor de mano hecha con plumas finas.

Y cayendo de rodillas, juré por Dios emplearlo todo en el alivio de los infelices.

La maleta inglesa en que guardaba mi equipaje tenía un compartimiento secreto que se abría por medio de un resorte. Oculté en él aquel tesoro sagrado, muy contento del piadoso destino que le había dado.

Llamé a mis compañeros, ensillamos los caballos, y partimos.

Ebrón está situado en la falda occidental de una pintoresca serranía que nos era necesario atravesar costeando profundas quebradas cubiertas de bosques seculares, donde cantaban las aves y rugían las fieras. Más de una vez, al paso de los arroyos, la huella del tigre, impresa en la húmeda arena espantaba a nuestros caballos, que se detenían, exhalando bufidos de terror.

Traspuesto aquel cordón de montañas, entramos en una bellísima comarca regada por cristalinos raudales que fertilizaban interminables praderas, cubiertas de ganado y sombreadas por grupos de árboles bajo cuya fronda se cobijaban pintorescas chozas cubiertas de dorada paja y alumbradas por la alegre llama del hogar.

¡Qué dulce y apacible existencia forjaba mi mente en esas humildes moradas del pobre! Tenía envidia a esas mujeres que hilaban sentadas al lado del fuego; a los niños que jugaban entre la maleza bajo los rayos calurosos del sol.

Y abandonando el idilio, el pensamiento se engolfaba en el suntuoso miraje de las innumerables ciudades que el porvenir haría surgir en las ricas y dilatadas comarcas que se extendían a mi vista en un inmenso horizonte; unidas por líneas de ferrocarriles, donde el silbido del vapor surcaba los aires y la poderosa locomotora, cruzando los espacios llevaba la riqueza y la civilización a las más apartadas regiones.

En aquel éxtasis de profética alucinación pasé tres largas jornadas, dejando atrás las verdes llanuras del Ceibal y las antiguas tradiciones jesuíticas de San Ignacio y Valbuena, con sus derruidos muros y sus vergeles abandonados, donde el árbol frutal cruza sus ramas con el árbol de las selvas, y la vid se enlaza a las agrestes lianas.

– V –

LA VIDA CAMPESTRE

Al mediar del cuarto día después de nuestra partida de Ebrón, entramos en una vasta llanura cubierta de oloroso trébol y pastales gigantescos. Alzábanse acá y allá coposos algarrobos cubiertos de blancas flores, y en cuyos troncos chillaba un mundo de cigarras en medio al silencio producido por el calor de esa hora.

Hacía rato que nuestros caballos como poseídos de febril impaciencia exhalaban alegres relinchos y corrían como desbocados, sin obedecer a la brida.

El que yo montaba comenzaba a inquietarme; pero mis compañeros, riendo de mi temor lo desvanecieron diciéndome que aquella rebelión era la proximidad de la querencia[129].

De súbito llamó mi atención un rumor semejante al lejano oleaje del mar.

Miré a mis compañeros para demandarles la causa, y los vi, tan gozosos como nuestros caballos, empuñar el rollo de sus lazos y echar a correr camino adelante.

Seguíalos yo, cada instante más curiosa de aquel enigma: porque cada instante también el misterioso rumor acrecía, y de él salían como

---

129 *Querencia*: sitio adonde tienden el hombre y ciertos animales a volver con gusto por haber sido tratados bien.

rugidos de león mezclados al zumbido del granizo.

De pronto, a la vuelta de una encrucijada, divisé un campo rodeado de bosques y enteramente cubierto de ganado cuyos mugidos formaban el temeroso rumor que desde lejos veníamos escuchando.

Era un *rodeo*.

Aquellos ganados pertenecían a mi hermano. Repuntábanlos[130] sus peones, y él mismo estaba entre ellos.

La presencia de aquel hermano que veía por vez primera produjo en mí un doloroso enternecimiento. Arrojéme en sus brazos llorando; y él también, hondamente conmovido, me estrechó contra su pecho enjugando furtivamente una lágrima.

Llevóme enseguida a su casa, fresca y aseada habitación situada sobre aquel campo en la falda de una colina.

Presentóme a su esposa, que era una graciosa y sencilla joven paraguaya de esbelto talle y ojos negros como su larga cabellera.

Irene puso sucesivamente en mis brazos cinco niños, cuyo primogénito contaba apenas seis años, lozanos todos, bellos y aseados, como todo lo que encerraba aquella morada, semejante en su primor a un chalet suizo, rodeado de árboles frondosos y de verdes sementeras.

No había pasado un día entero en la casa de mi hermano, y ya estaba yo tan acostumbrada a ella como si la hubiera habitado toda la vida; tan agradable era todo allí, tan plácido, tan sencillo.

Levantábame al amanecer, y corría a los corrales para ayudar a las queseras en la faena de ordeñar; hacía el desayuno para los niños, compuesto de bollos y crema de leche.

Luego, ensillaba un caballo, echábale un costal al anca, y me iba en busca de algarroba, mistol y sandías silvestres.

No pocas veces encontré entre la espesura de los poleares hermosas lechiguanas que conquisté, a pesar del enfurecido enjambre; y las llevaba en triunfo a los niños; y amasándola con su panal, hacía un delicioso postre que comíamos con quesillos de crema.

Y en la noche, cuando acabados los trabajos de la jornada y reunidos en torno a una sola mesa, peones y señores cenábamos a la luz de velas de perfumada cera, a falta de piano, tomaba la vihuela[131] que me enseñara a puntear un gaucho de Gualiama[132], y acompañándome con

130 *Repuntar*: (la hacienda) repartirla en "puntas", pequeñas porciones del ganado que se separan del rodeo.
131 *Vihuela*: guitarra.
132 *Gualiama*: zona del Departamento de Rosario de la Frontera, Provincia de Salta, conocida por los pintorescos montes de Cebiles, también llamados Yopos o Curunday, *Anadenanthera colubrina*, árbol de la familia de las Leguminosas que puede alcanzar los 80 m. de altura.

su plañidera voz, cantaba los trozos más sentimentales de Verdi[133] y de Bellini[134], que por vez primera resonaban en aquellas apartadas regiones.

Irene estaba triste durante estas dulces veladas; pero el motivo de su pena estaba lejos: era el triste estado de su país, aniquilado por la guerra.

---

133   *Verdi*: (Giuseppe, 1813-1901) compositor de ópera italiano. Entre sus obras se encuentran *Rigoletto* (1851), *Il Trovatore* (1853), *La Traviata* (1853, *La Forza del Destino* (1862) y *Aida* (1871)

134   *Bellini*: Vincenzo (1801-1835) compositor italiano cuyas óperas tienen gran efecto dramático gracias a sus melodías de peculiar belleza, ideales para virtuosos del bel canto, ya que exigen gran precisión y agilidad vocal. Compuso las óperas *Adelson y Salvini* (1825), *Bianca y Gernando* (1826) *El Pirata* (1827), *La Extranjera* (1829), *Zaira* (1829), *Capuletos y Montescos* (1830), *La Sonámbula* (1831), *Norma* (1831), *Beatrice di Tenda* (1833), *Los Puritanos* (1835)

– VI –

Las riberas del Bermejo

—¡Lloras alma mía! —oí que mi hermano decía a su mujer, una noche que sentados a la luz de la luna cantaba yo el doliente Salmo del Cautiverio–. ¡Lloras y me callas la causa de tu pena!

—Pienso en mi pueblo –respondió Irene con un sollozo–, pienso en los míos, que, cual los cautivos de Babilonia, andan errantes de selva en selva y de llanura en llanura, desnudos y hambrientos, arrastrados por la despótica arbitrariedad de un tirano[135].

—Yo iré en su busca. Penetraré en ese país devorado por la guerra[136]; los hallaré, los reuniré y traerélos conmigo a nuestro pacífico retiro.

—No sin mí –exclamó Irene.

—Ni sin mí –añadí yo.

—¿Y quién se quedará con los niños? –objetó mi hermano.

Irene y yo nos miramos.

—Tú –dijo ella.

—Tú –repuse yo.

---

135   Se refiere a Francisco Solano López (1826-1870), quien subió al poder en 1862 luego de la muerte de su padre, Carlos Antonio López, quien a su vez había sido elegido como primer cónsul y luego presidente de la república un año después de la muerte de Gaspar Rodríguez de Francia (1776-1840) apodado "El Supremo". Bajo Francia y los dos López el Paraguay sufrió 56 años de tiranía (de 1814 a 1870).

136   Se refiere a la llamada Guerra de la Triple Alianza, entre Argentina, Brasil y Uruguay, aliados contra Paraguay.

—Tú los amas.

—Tú eres su madre.

—Echemos suertes.

—¡Sea!

La suerte me favoreció a mí. Irene hubo de resignarse.

En dos días nuestros preparativos estuvieron concluidos, y partimos.

Partimos hacia el Este para embarcarnos en el Bermejo y bajarlo hasta Corrientes.

Nada tan bello como los perfumados campos que atravesábamos cubiertos de trébol y elevadas palmeras. Las leguas se deslizaban bajo mis pies, y un sol de fuego despeñaba sus rayos sobre mi cabeza, sin que yo sintiera calor ni cansancio, absorta en la contemplación de aquella hermosa naturaleza.

En *Esquina grande* mi hermano contrató dos canoas, una para nosotros, otra para nuestros bagajes. Pero la *baja* del agua nos impidió embarcarnos allí, y fuenos preciso descender hasta *Colonia Rivadavia* para tomar la corriente del Teuco.

Celebrábase aquel día en ese pueblo la fiesta del *Rosario*.

El templo estaba abierto, y el cura preparaba una procesión.

Mezclada a los fieles, oraba yo también al pie del altar; pero viendo a la Virgen en unas andas desmanteladas, y alumbrada con cirios amarillentos, colocados en candeleros de tierra cocida, corrí a los campos; hice una cosecha de flores y verdes retoños, y cargada de ramilletes y guirnaldas regresé a la iglesia, y adorné con ellas el dosel de la Santa Imagen, cubriendo de follaje cirios y candeleros.

Las mujeres del pueblo me abrazaron llorando de gratitud; y la esposa del juez, mayordoma de la fiesta, me obsequió un avío exquisito de fiambres y dulces que fue un gran recurso en la navegación que emprendimos, esa misma tarde, en las rojas aguas del Teuco, engrosadas por dicha nuestra con la lluvia de una terrible tormenta que oímos tronar hacia el norte la mayor parte del día.

Ayudados por la creciente, nuestras canoas se deslizaban rápidas sobre aquel río cuyas encantadas orillas parecen un sueño del Edén.

Al anochecer desembarcábamos, y amarradas las canoas a los troncos de los árboles, los remeros encendían grandes fogatas para alejar a las fieras, y preparaban la cena, que tomábamos sentados en torno a la lumbre, escuchando las sabrosas pláticas de nuestros compañeros.

Había entre ellos un viejo de barba lacia y cana, de vivos ojos y aspecto venerable, a quien cedían siempre la palabra.

Y a fe que tenían razón; porque Verón, era la crónica personificada, la leyenda hecha hombre.

—¿Qué árbol tan frondoso? —decía alguno.

—Es una ceiba[137] —respondía Verón—, de sus ramas se ahorcó un rico hacendado a cuya novia se robaron los tobas. No pudiendo rescatarla, desesperado se dio la muerte a vista de la ingrata que *hallada*[138] y contenta entre los salvajes, lo miraba de la otra orilla.

—Ño Verón, ¿qué linda enredadera es la de flores rojas que cubre aquella antigua palmera?

—Blancas fueron hasta que las tiñó con su sangre la bella Talipa, india conversa a quien mataron los suyos a flechazos colgada en las ramas de la palmera.

Desembarquemos para dormir en este recodo, que oculta un limonero cargado de fruto maduro. Servirá para sazonar nuestro asado. Aquí herborizaron[139] tres días Bonpland[140] y Soria cuando surcaron este río práctico; y por cierto que de ellos aprendí cosas que parecen imposibles, y me fueron muy útiles en mi errante existencia.

Cuatro días hacía que navegábamos aquel río encerrado entre frondosas arboledas.

Era la última hora de la tarde; y el sofocante calor de la jornada comenzaba a ceder a las ráfagas de una brisa fresca y perfumada. Bandadas de aves, cruzando el espacio, abatían el vuelo sobre el ramaje en busca de sus nidos. Al silencio apacible del crepúsculo, mezclábanse misteriosos rumores, que remedaban suspiros y recatadas risas.

De súbito en la margen derecha divisamos las almenas de un elevado campanario y aquí y allá lienzos de paredes derruidas que surgían entre las copas de los árboles.

Encantado de aquel romántico paraje, mi hermano dio la voz de alto.

---

137 *Ceiba*: *Pentandra Gaertin*, árbol gigante de América tropical. Su fruto produce algodón silvestre llamado "kapoc".

138 *Hallada*: (loc.) sintiéndose a gusto.

139 *Herborizar*: andar por llos montes reconociendo y recogiendo hierbas y plantas.

140 *Bonpland*: Aime (1773-1858). Médico y botánico francés que residió casi la mitad de su vida en Sudamérica realizando una valiosa y vasta labor como recopilador y clasificador de especies naturales, que documentó en su obra *Voyage aux régions equinocciales du noveau continent fait en 1799 - 1804*. Con Alexander von Humboldt escribió *Nova genera et spacies plantarum*.

—¡La Cangallé! —exclamó el viejo Verón, y en vez de obedecer, levantó el remo, y ayudando a la corriente bogó con furor.

—Detente, bárbaro —gritó mi hermano—. ¿Por qué rehúsas desembarcar en este sitio tan ameno y propio para pasar la noche?

—¡Válgame Dios, patrón, con su antojo! ¿No ve que ese lugar es la Cangallé?

—¿Y qué viene a ser la Cangallé, que tanto miedo te causa?

—No hay que mentarla mucho, si no quiere que nos suceda algo malo. Deje que lleguemos a aquella ensenadita; atracaremos, y encendida la fogata, no diré que no. Con luz todo se puede contar.

Desembarcamos, en efecto, y sentamos nuestros reales en un gramadal sembrado de anémonas, bajo un grupo de palmeras.

La noche era magnífica, tibia y estrellada.

Al manso murmullo del río, mezclábanse el susurro armonioso de la fronda, y el soñoliento piar de los pajarillos que dormitaban en sus nidos.

Los remeros, dirigidos por Verón prepararon el asado, los fiambres, el café; y la cena comenzó, rociada con sendos tragos de aloja[141] de algarroba que traíamos encerrada en grandes chifles[142], y que caía espumosa en nuestros vasos, como la mejor cerveza.

Todos reían y charlaban alegres; sólo yo callaba. Las misteriosas palabras del viejo, habíanme impresionado; y sin saber por qué sentí miedo, y me refugié bajo la capa de mi hermano.

—Verón —dijo éste, volviéndose al anciano—, he aquí un fogón capaz de alejar toda suerte de terrores. Háblanos pues, de la Cangallé. ¿Es alguna guarida de fieras?

—No, señor, que fue una populosa villa y la más importante reducción[143] que los jesuitas tuvieron en las misiones. Poseía más de doscientas canoas, y mantenía activo comercio con todas las poblaciones ribereñas. Hoy sería una ciudad floreciente, sin la belleza fatal de una mujer, que fue causa de su ruina.

A la aparición de una mujer, y bella además, en el relato de Verón, el interés del auditorio acreció. Mis compañeros estrechando el círculo en torno al viejo remero escucharon con avidez.

---

141 *Aloja*: bebida fermentada hecha de algarroba o maíz, y agua.
142 *Chifle*: frasco confeccionado con un cuerno de buey cerrado con una boquilla. Servía para llevar agua, bebidas alcohólicas o pólvora fina, indistintamente
143 *Reducción*: pueblo de indios convertidos a la fe cristiana.

– VII –

Una venganza

Había entre las hijas de la Cangallé una doncella hermosísima. Muy niña todavía, robáronla un día los mocobíes[144], mientras dormía en la cuna. Su madre hizo muchas excursiones al Chaco en busca suya, sin lograr encontrarla.

Hallóla al fin, y la arrancó de manos de los salvajes por medio de un rescate.

Pero restituida a su pueblo y al comercio de los suyos, Inés echaba de menos el aduar [145] y la vida errante de las tolderías en las pintorescas llanuras del desierto.

Ni el tiempo, ni el paso de la niñez a la juventud, ni los halagos que rendían a su belleza, nada era parte a borrar aquel recuerdo.

Inés lloraba en secreto; y cuando podía escapar a la vigilancia materna, corría a la margen del río; y allí permanecía horas enteras contemplando con los ojos bañados en lágrimas la opuesta orilla.

Un día que apoyada al tronco de una palmera y la mente absorta en amadas reminiscencias, contemplaba con envidia las bandadas de

---

144 *Mocobíes*: o mocovíes, parcialidad indígena derivada del tronco étnico Guaycurú que habitaba la zona sur de la región Chaqueña, al Oeste de las regiones ocupadas por los Abipones, entre éstos y los Lules. Originalmente cazadores recolectores, cuando adoptaron el caballo lo utilizaron en el ataque de algunas poblaciones españolas, generalmente uniéndose con otros pueblos aborígenes. En el Siglo XVIII, al ser rechazados se desplazaron hacia el Sur, llegando en sus ataques a la ciudad de Santa Fe, en cuyas cercanías, se fundó una reducción. Actualmente los mocovíes supervivientes (alrededor de cinco mil) se encuentran en las provincias argentinas de Santa Fe y Chaco.

145 *Aduar*: población móvil, conjunto de tiendas o barracas donde viven los nómades.

aves que volaban hacia el deseado horizonte, Inés vio de repente caer a sus pies una flecha. Llevaba atravesada una *yagtala* de pétalos rojos, flor simbólica de extremada belleza, cuyo nombre mocobí significa "¡Te amo!".

Las miradas de Inés registraron la fronda de la otra ribera; pero nada descubrieron, si no era algunas gamas que corrían en busca de su guarida.

Y, sin embargo, el corazón de Inés latió con violencia; y la joven tomando la flor con mano trémula de emoción, besóla, y la guardó en su pecho.

Aquella noche Inés no durmió; y cuando hacia el alba cerráronse al fin sus ojos, a los sueños de nómada libertad que con frecuencia la visitaban, mezcláronse sueños de amor.

Al siguiente día, el mismo mensajero, la roja flor de *yagtala*, al impulso de una flecha vino a caer a sus pies.

Inés alzó los ojos y vio a un joven guerrero indio con el carcax[146] a la espalda, de pie y apoyado en un venablo, contemplándola con amor.

Era alto, esbelto y de altivo ademán; su solo aspecto anunciara un jefe de tribu, si no lo indicara la pluma de garza prendida en la banda roja que ornaba su frente.

Inés besó la flor.

El guerrero aspiró aquel beso en el aura inflamada de la tarde.

Y ambos quedaron inmóviles, mirándose en apasionada contemplación.

Y en tanto que ardientes efluvios se cruzaban en alas de la brisa, bajo la sombra de un matorral, dos ojos acechaban, airados, fulgurantes, amenazadores: los ojos de una mujer.

Inés, tronchando el tallo de un girasol, mostró al guerrero aquella dorada flor, que en lengua mocobí se llama *magnamí*, "¡Ven!".

El indio respondió disparando al aire una flecha que significa *"Volaré hacia ti"*.

Pero cuando alejándose no sin volver mil veces para mirarse todavía, el guerrero y la joven hubieron desaparecido, alzóse de tras el matorral una mujer pálida, desmelenada, terrible. Con una mano golpeó su bello pecho desnudo; con la otra envió hacia la opuesta orilla una señal de horrible amenaza.

146 *Carcax*: o carcaj, elemento para portar flechas.

Después, mesando sus cabellos en un arranque de rabia desesperada, perdióse entre el espeso follaje.

. . . .

Los cautivos que refirieron esta historia, contaban que una noche el joven y bello cacique de los mocobíes, renombrados en las tribus del Chaco por su valor y apostura, hallábase recostado en una piel de guanaco al lado del fuego, bajo su toldo de hojas de palmera. Vestía un traje pintoresco, y sus armas, el carcax y el arco colgaban de un venablo hincado en tierra al alcance de su mano. Los guerreros de la tribu rodeábanlo sentados en torno suyo, y su esposa, la hermosísima Uladina estaba a sus pies.

Inmóvil, silencioso, medio cerrados los ojos, y los labios entreabiertos el joven cacique parecía entregado a un delicioso desvarío.

Uladina lo miraba; y los guerreros preguntábanse si los relámpagos sombríos que de vez en cuando resplandecían en los ojos de la bella india y coloreaban su pálida frente, eran los reflejos de la hoguera o las ráfagas de alguna oculta cólera.

Y no osaban interrumpir el dulce éxtasis del uno; la contemplación siniestra del otro.

—Jefe –dijo en fin el guerrero más anciano de la tribu–, he aquí realizado el objeto de nuestra expedición a las orillas del río de fuego[147]. Las ardientes arenas de esta playa han secado nuestra pesca; los gamos han dejado en nuestras manos su piel suavísima; las abejas su miel, las palmeras su fruto. ¿Qué nos detiene ya en estos parajes que muy luego visitará la peste? ¡Huyamos! Nuestras selvas nos aguardan con sus saludables sombras y sus embalsamadas auras.

Uladina fijó en su esposo una intensa mirada. Toda su alma parecía suspensa de sus labios.

El cacique abrió perezosamente los ojos, y sonriendo con desprecio:

—¿Desde cuándo –dijo– los guerreros mocobíes tienen miedo a las dolencias del cuerpo? Dejemos a las mujeres ese vergonzoso temor: son débiles, y el dolor las espanta...

147   Se refiere al río Bermejo, que debe su nombre a sus aguas rojas.

Mas si queréis partir, si ya nada os detiene en estas playas, id a preparar a la tribu para marchar mañana con las primeras luces del alba.

Y ahora, retiraos. Que se apaguen los fuegos, y que el campo entre en reposo.

Los guerreros batieron las manos en señal de gozo, y fueron a comunicar a la tribu tan fausta nueva.

El cacique volvió a su meditabunda actitud.

De vez en cuando, una sonrisa de misterioso deleite vagaba en sus labios.

Uladina, silenciosa y sombría, recostóse en una piel de tigre a los pies de su esposo, quedó inmóvil, y fingió dormir.

Pero el sueño había huido de aquella nómada morada; y sus huéspedes velaban: el uno aguardando con el corazón palpitante de anhelosa impaciencia; el otro acechando con ojos airados, amenazadores como los que espiaban el matorral, y como ellos, fulgurantes de una luz siniestra:

¡Los celos!

Y así pasaron las horas. El fuego habíase consumido, las tinieblas invadían el toldo de hojas de palmeras, y el silencio reinaba en el campo.

—¡Uladina! –articuló a media voz el cacique, incorporándose en su lecho de pieles.

Silencio: ninguna respuesta; nada sino la respiración tenue y suavísima de la india.

—¡Duerme! –murmuró él–. ¡Espíritus de la noche, derramad sobre ella la urna del sueño eterno!

Y alzándose cautelosamente, terció a su espalda el carcax, empuñó el arco, y se alejó, perdiéndose luego entre las sombras.

Uladina se levantó impetuosa, pálida, desencajado el semblante y ardiendo en sus ojos la llama de una cólera inmensa; armóse de una saeta envenenada, y siguió de cerca al cacique.

El guerrero atravesó el campo, cruzó la selva, y llegado a la orilla del río, dirigió una mirada a la opuesta ribera.

La oscuridad era profunda; pero los ojos del joven divisaron una forma blanca en el fondo tenebroso de la noche.

Un grito de gozo se exhaló de su pecho:

—¡Hela ahí! –exclamó– hela ahí que me aguarda como siempre, pero ahora para ser mía, para seguirme al desierto.

Y saltando en una canoa oculta entre los juncos, cortó el nudo de liana que la sujetaba al tronco de un árbol, y bogó cortando con violencia la corriente.

Casi al mismo tiempo, Uladina se arrojaba al agua y seguía el curso de la canoa, tan furtiva y oculta bajo la onda, que sólo se veía su larga cabellera. Apenas la canoa tocó la orilla, el cacique se arrojó a tierra y corrió a estrechar en sus brazos a aquella que lo esperaba.

Inés dio un paso atrás.

El guerrero cayó a sus pies.

—Las matronas de tu tribu han enseñado el pudor a la doncella cristiana –dijo la joven en lengua mocobí–, Rumalí sabe que el cuerpo de las vírgenes es sagrado, y que sólo es dado tocarlo a los labios del esposo.

—¡Hija del cielo! –exclamó el cacique– he aquí tu cautivo: ordena, ¿qué debe hacer para elevarse a ti?

—Sígueme al altar del Dios de los cristianos, su sacerdote nos aguarda para derramar sobre tu frente el agua de la gracia, y sobre nuestro amor la bendición que nos una en un lazo eterno.

Entonces seré tuya, y huiré contigo para tornar en tus brazos a la vida libre del desierto. ¿Lo quieres? ¡Ven!

—¡Oh, virgen más hermosa que la estrella de la tarde –exclamó el cacique–, realiza esa visión de inmensa felicidad, aunque me lleves al fondo de un abismo!

Y la joven arrastró en pos suyo al guerrero, y el cacique la siguió entre los muros de la Cangallé.

Al mismo tiempo, una sombra, saliendo de tras el tronco de un árbol perdiose en el negro cauce del río.

Era Uladina, que cortando con fuerza la impetuosa corriente, ganó la opuesta orilla. La india, pálida y los largos cabellos cayendo desordenados en torno a su cuerpo, volvióse con ademán siniestro; y alzando la mano en señal de amenaza:

—¡Traidor! –exclamó–¡invocabas la muerte para aquella que te dio su amor; porque has dado el tuyo a la cristiana. ¡Ah! ¡ya sabréis, ella y tú cómo se venga una india!

Y con rápido paso, silenciosa, ceñuda, rígida, encaminóse al campo, y lanzó el grito de guerra de los mocobíes, clamor formidable, cargado de imprecaciones.

Al escucharlo, la tribu entera se alzó en pie, pronta al combate.

Uladina, ornada la frente con la pluma de garza signo de mando, y llevando siempre en la mano la saeta envenenada:

—¡Guerreros! –exclamó– el jefe que elegisteis bajo el yatay[148] sagrado, aquel a quien confiarais el destino de la tribu, el bravo Rumalí, víctima de los hechizos maléficos de los cristianos, atraído por los conjuros de sus sacerdotes, encuéntrase en poder suyo.

Un grito de horror se elevó entre la multitud.

—¡Escuchad! –prosiguió la india.

No ha mucho, en tanto que el cacique dormía, desvelada por un siniestro presentimiento, vigilaba yo, con el oído atento y palpitante el corazón a impulso de un extraño terror.

De súbito vi a Rumalí alzarse de su lecho, tomar sus armas y prepararse a partir.

¿Por qué abandona el jefe su morada –le dije– a la hora en que los espíritus vagan derramando el mal en los senderos del hombre?

Ninguna respuesta salió de los labios del cacique; y mudo, cerrados sus ojos, y cual si obedeciera a la influencia de una pesadilla, con el paso rápido y callado de un fantasma, salió del toldo, abandonó el campo, y siguió el camino que conduce al río.

Presa el alma de mortal angustia, corrí en pos suyo, y vilo, llegado que hubo a la orilla, saltar en su canoa, surcar las ondas y caer en manos de los cristianos, que lo arrastraron a su aduar.

¡A la hora que hablo, en este momento que pierdo yo en vanas palabras, el valiente jefe de los mocobíes, subyugado por el irresistible *gualicho*[149] de los blancos, uniráse a ellos, para venir contra nosotros, y exterminarnos!...

La tribu respondió con un solo grito:

—¡Venganza!

—¡Sí! –rugió la india– ¡venganza! ¡pronta! ¡despiadada! ¡terrible! ¡Salvemos al cacique! Yo os guiaré. Crucemos el río tan silenciosos, que no nos sientan ni aun los peces que nadan en su seno; y acometiendo de súbito a los cristianos, llevémoslo todo a sangre y fuego; y que de ellos no quede ni uno solo para contar su desastre. ¡Seguidme!

Y Uladina arrastró consigo a la multitud que cual una legión de espíritus, avanzó callada entre las tinieblas.

148   *Yatay*: *Butia yatay*, palmera que puede llegar a medir hasta 12 metros. Su fruto se puede procesar para formar una jalea, o ser fermentado y convertido en un vino. Es por esto que se la conoce como la palma del vino.
149   *Gualicho*: palabra araucana que significa "alrededor de la gente". Los indios Pampas le atribuyen todos los males y desgracias que sufren. Es también el genio del mal hechizo y objeto que supuestamente lo produce.

Mientras la vengativa esposa sublevaba la cólera de los suyos contra los cristianos, el cacique y su amada penetraban en el templo de la Cangallé, que los misioneros, prevenidos de aquella conversión producida por el amor, habían preparado con el fausto que la Iglesia ostenta en sus augustas ceremonias. El pueblo llenaba la nave, y la voz del órgano resonaba en las sagradas bóvedas.

Los dos amantes fueron a prosternarse al pie del altar, y la joven pidió para su prometido el agua santa del bautismo.

Pero en el momento que el sacerdote pronunciaba sobre la cabeza del neófito las palabras sacramentales, oyóse de repente un clamor inmenso, mezclado de aullidos espantosos; las rojas llamas del incendio hicieron palidecer la luz de los cirios, y una multitud furiosa, desgreñada, feroz, se precipitó en el santuario.

Eran los mocobíes, que guiados por Uladina habían puesto fuego a la población y caían sobre sus habitantes, haciendo en ellos una atroz matanza.

Los ojos fulminantes de la india descubrieron a Inés desmayada sobre el pecho de Rumalí, en tanto que éste estrechándola con su brazo, blandía con el otro un venablo.

Verlos, lanzarse a ellos y hundir en el pecho de la joven la saeta envenenada con que iba armada, todo esto fue tan rápido que el cacique no tuvo tiempo de preverlo.

Rumalí exhaló un grito de rabia.

La india respondió con una feroz carcajada.

El cacique le arrojó su venablo y la tendió muerta a sus pies.

Entonces, estrechando entre sus brazos el cuerpo inanimado de Inés, lanzóse en medio al incendio, y se perdió entre los torbellinos de fuego que hicieron luego de aquella hermosa villa una inmensa hoguera, cuyas llamas devoraron los bosques circunvecinos en una grande extensión.

Desde entonces la Cangallé es un montón de ruinas solitarias durante el día: pobladas en la noche de fantasmas.

El alma de Uladina vaga entre los escombros, llamando a Rumalí con lúgubres aullidos. Los ojos llameantes de la india buscan todavía a la joven cristiana que la robó el amor del cacique.

—¡Misericordia! –exclamé yo, abrazándome de mi hermano–. ¡Y

tú querías que durmiéramos en aquel paraje!

—Si tal acontece, la niña no habría podido contar el cuento –observó sentenciosamente el viejo–. Más de una joven que se ha acercado a esas ruinas, ha sido devorada.

—Por algún tigre –replicó mi hermano–. Estás chocheando, Verón. Apura tu vaso y vete a dormir. Y tú, chica, haz otro tanto y no temas, que aquí está mi rifle, exorcismo poderoso contra las almas en pena.

Y riendo como un descreído, besóme y se fue a acostar.

– VIII –

Desastres

Sin embargo, a mí me fue imposible conciliar el sueño. La leyenda del viejo me tenía helada de temor; y veía los ojos flamígeros de la india en cada luciérnaga que cruzaba volando sobre mi hamaca.

Así pasé la noche; pero los nevados tintes de una espléndida alborada, disiparon mis terrores. Reí de ellos; y saltando del aéreo lecho, díme a correr con las mariposas entre las flores de la ribera.

Y seguimos nuestro viaje, extasiándonos entre los encantados paisajes que se desarrollaban a cada revuelta del río; deplorando su soledad y los peligros que los roban a la admiración y a la morada del hombre.

Nada más bello que la confluencia del Bermejo y el Paraguay, que ruedan largo trecho juntos sin mezclar sus aguas.

Allí está Corrientes recostada perezosamente en un lecho de flores a orillas del Paraná.

En esta ciudad debía mi hermano transar un negocio importante; y por esto adelantamos hasta allá nuestro camino, para volver después, tomando uno de los vapores que subían con destino a la Asunción.

Despedímonos del viejo Verón, cuya compañía tan útil y agradable nos había sido.

Pocas horas después nos embarcábamos de nuevo en un vapor cargado de turistas bonaerenses, ansiosos de contemplar la tierra heroica que acababan de conquistar.

Eran artistas, poetas, o simplemente curiosos de las maravillas de aquel país original, cuya capital figurábansela entregada a los regocijos de la libertad, tras largos años de despotismo.

Pero cuán dolorosa fue su decepción al llegar, encontrándola desierta, asolada, abandonadas sus casas al saco[150] y la violencia ejercidas por los brasileros a la luz del día y a vista de sus jefes, quienes lejos de castigarlos, tomaron parte en aquellas infamias.

El sol se había puesto, hacía largo tiempo, y la luna comenzaba a alzarse sobre la fronda de los bosques, cuando entrábamos en las solitarias calles de la Asunción.

Imposible es imaginar el lúgubre aspecto de aquella ciudad devastada, cuyo silencio interrumpían sólo los gritos de la embriaguez. Era Jerusalem en el primer día del cautiverio, cuando los asirios, arrastrando en pos suyo a su pueblo, dejáronla solitaria.

Escombros humeantes, muebles destrozados montones de ricas telas, vestiduras y vasos sagrados, yacían por tierra obstruyendo las veredas, mezclados con cadáveres en putrefacción.

En busca de la familia de su esposa, guiábame mi hermano al través de aquellos horrores que cambiaban el aspecto de las calles, y le impedían reconocer aquella donde estaba situada la antigua morada de Irene.

En fin, más allá del destruido palacio de la infeliz Elisa Lynch[151], mi hermano, exhalando una dolorosa exclamación, detúvose delante de una casa cuyas puertas rotas por el hacha habían caído separadas de sus goznes, dejando ver su interior abierto, oscuro y solitario.

En el umbral, y estrechados el uno al otro, estaban sentados, un niño de ocho años, y una niña de seis, pálidos, demacrados, harapos.

—¡María! ¡Enrique! –exclamó mi hermano, y quiso estrecharlos en sus brazos; pero ellos huyeron espantados, gritando–. ¡Los *cambá*! ¡los *cambá*![152]

Eran los hermanos de Irene.

Arrastrados con sus padres en pos del ejército paraguayo habíanlos visto perecer con su familia. Ellos mismos abandonados en un bosque,

---

150 *Saco*: saqueo.
151 *Elisa Lynch*: (1835-1885) mujer irlandesa con quien Francisco Solano López tuvo 5 hijos. Fue la hacendada más importante del país cuando Solano López le transfirió importantes propiedades en Paraguay y Brasil a su nombre durante la guerra. Su destino fué enterrar a Solano López y uno de sus hijos después de la última batalla en 1870, y morir en la miseria algunos años después en Europa.
152 *Cambá*: negro en idioma guaraní.

debieron la vida a las raíces silvestres y al agua de los charcos. Solos, desorientados, sin rumbo, guiados por el acaso llegaron a la ciudad y acurrucados en el umbral de su morada, tenían miedo de penetrar en ella.

Con ruegos y caricias logró mi hermano atraerlos y se llevó consigo aquel último resto de una numerosa familia.

—¡Partamos! –exclamó mi hermano–. La destrucción de este país, el sacrificio de su pueblo, pesan sobre mi corazón como un remordimiento. Partamos.

Y acompañados de los dos huérfanos, dejamos aquellas hermosas riberas, sobre cuyo cielo azul cerníase la muerte.

– IX –

DOLENCIAS DEL CORAZÓN

Regresamos a Corrientes, donde debíamos quedar dos días antes de proseguir hasta el Rosario; pero esperábame allí una de esas sorpresas que cambian todas nuestras resoluciones, y trastornan el curso de la existencia.

Gracias al cielo, escribo esta confesión a setecientas millas de distancia, y no puedo oír la andanada de reproches que me habría valido, hecha de viva voz...

¡Yo lo amaba!...

Amaba a ese bello hijo de la Hungría, cuya sangre a la vez maggiar y eslava, derrama en él la gracia, el espiritualismo y la seducción.

Amaba a ese esposo fugaz, que me apareció un día cual una visión del cielo; dióme, aunque breves horas de una felicidad suprema, y desapareció de repente, dejando desierta mi vida. ¡Lo amaba!... ¿qué digo? Lo amo, y lo amaré mientras aliente mi vida.

Tú sabes mis desgracias; sabes que unida a ese hombre idolatrado víme de él indignamente abandonada por el amor de otra mujer; sabes que el dolor casi me llevó a la tumba; pero ignoras, porque no podrías comprenderlo, cuán digno de ser amado es aquel traidor. Sus más sangrientas ofensas, al lado de las relevantes cualidades de su espíritu, desvanécense como las sombras ante los rosados rayos de la aurora.

Así, amábalo a pesar de todo, de todos y aún de mí misma. Aquel amor reprobado, oculto en el fondo del alma, gemía, llamando en vano al ingrato cuyo nombre nunca salía de mis labios, porque tenía vergüenza de pronunciarlo, por más que el corazón lo repitiera sin cesar.

Pero he aquí que entre muchas cartas que en Corrientes me aguardaban, la vista de una arrancóme un grito de gozo y de terror.

¡Era suya! ¡He ahí esos caracteres firmes y acentuados que sólo puede trazar una mano leal!

"¡Perdóname! –decía–, ¡Te amo! Ámote como a la luz que me alumbra; como al aire que respiro. Así te he amado siempre; así te espero en una deliciosa soledad que he formado para los dos en las encantadas orillas del Amazonas. ¡Ven!".

Y yo, olvidada de sus ofensas, de su ingrato abandono; de mi dolor... del universo entero, separéme de mi hermano; renuncié a la tranquila existencia que me ofrecía al lado suyo, y sólo pensé en correr a reunirme con mi esposo, allá en aquella mansión escondida entre las selvas, donde había de comenzar de nuevo aquella felicidad de la que sólo gozara tan breves horas.

Mi hermano sintió hondamente mi separación. Había hecho para su campestre hogar un dulce programa, en el que contaba conmigo, pero lejos de reprocharme la ingrata resolución que de él me apartaba, abrazoóme con toda conmiseración, deplorando sólo el motivo fatal que nos llevaba lejos cuando habíamos pasado juntos tan dulces horas.

—¡Querido Felipe! ¡él no conocía la ciencia del mundo, ni había estudiado el corazón humano; pero era indulgente con sus debilidades, y sabía compadecerlas!

—Ve –me dijo–, cumple tu destino; pero si un día tienes necesidad de reposo, acuérdate del retiro pacífico donde tu hermano te espera.

Reembarquéme aquel mismo día para Buenos Aires, sin tener en cuenta que en el pequeño vapor no había un camarote desocupado, tomados todos por señoras, venidas unas de la Asunción, embarcadas otras en Humaitá y Corrientes.

Una de éstas, viendo a mi hermano perplejo, sin saber dónde acomodarme, ofrecióme graciosamente una cama en el suyo.

—Tómelo entero –dijo– para aislarme; pero no puedo consentir que una señora se quede en la cámara, ni aún hasta el Rosario, donde probablemente desembarcarán muchos de nuestros pasajeros. Además la compañía de usted me place.

Y abreviando los adioses de mi hermano, llevóme consigo.

Era yo tan feliz en aquella hora, que nada me importaba el sitio donde pudiera quedarme, absorta en el pensamiento de mi dicha, hasta el término de aquel delicioso viaje.

Mi compañera contemplaba mi radioso semblante, sonriendo con melancolía.

Era una mujer joven y bella, aunque lánguida y demacrada por alguna dolencia, cuya sombra se reflejaba en sus ojos de suave y dulcísima mirada.

La expresión de aquellos ojos traíame un recuerdo que cruzaba mi mente y se borraba, por más que yo hacía para fijarlo en mi memoria.

Mi compañera notó mi preocupación.

—No se moleste usted por mí –me dijo–, haga como si se hallase sola, lea, duerma, o vaya a pasearse sobre cubierta. Yo me quedaré encerrada aquí, hasta que lleguemos al Rosario.

En efecto, mi compañera no dejó el camarote ni se acostó durante el trayecto que hicimos juntas. Absorbida por algún doloroso pensamiento, permanecía horas enteras con la vista fija en un punto invisible, o bien cerrados los ojos y la frente entre las manos, muda, inmóvil, abstraída de todo lo que pasaba en torno suyo.

—Qué insípida compañía ha tenido usted en mí, señora –díjome cuando llegados al Rosario, iba a dejarme para desembarcar en aquel puerto–. ¡Ay! después de años de febril actividad en busca de mi hijo perdido, desesperada de encontrarlo, he caído en esta horrible apatía que, joven aún, me da el entumecimiento y la debilidad de la vejez. ¡Ah! ¡es que tengo remordimiento de vivir, en tanto que mi hijo está padeciendo quizá en manos extrañas!

Hablando así, los bellos ojos de mi compañera ilumináronse con una mirada que me recordó los del hermoso niño rubio que guardaba la puestera de *Rioblanco*. Había en ellos la misma celeste trasparencia; la misma triste dulzura.

Sin embargo, temí ceder a esa casi convicción.

—¡Ah! ¡señora –la dije– usted sufría, y yo estaba a su lado, y no me daba usted una parte de su pena! ¿Pero cómo pudo suceder esta terrible desgracia? ¡Perder a su hijo!... ¡un bello niño blondo y de azules ojos!...

En el semblante de la madre brilló un relámpago de gozo.

—¿No es verdad? –exclamó– ¿no es cierto que era bello como los ángeles?... ¡Ah! ¡el dolor me extravía: hablo a usted de él cual si lo hubiera conocido!... No obstante, usted lo ha adivinado: bello era el hijo mío; y nunca tanto como el día que lo perdí...

Lloró largo rato y después continuó:

—Mi esposo había muerto, y yo habitaba con mi Rafael una estancia situada en la frontera de Córdoba.

Era el día del Santo Arcángel, y mi hijo cumplía dos años.

En aquella propiedad, hereditaria de mi familia, existía una costumbre original.

Cuando un niño llegaba a esa edad, fundaba un puesto con doscientas cabezas de ganado vacuno y caballar.

Para mejor representar aquel simulacro de independencia, los padres no lo presenciaban; y el niño iba solo con los peones y su familia a efectuar la ceremonia, que terminaba siempre en una fiesta.

Mi niño partió en brazos de su madrina, linda joven, hija de un propietario vecino.

El sitio destinado era un caserío situado a la orilla de un arroyo.

Aquel día era la vez primera que mi hijo se apartaba de mí fuera del radio que abarcaba mi vista; y a ello atribuí la extraña inquietud que se apoderó de mi ánimo cuando la alegre cabalgata que lo llevaba hubo desaparecido detrás un grupo de arboledas.

Y pasaron las horas, y crecía mi afán, ansiando el fin de aquella fiesta que debía durar todo el día.

Cuando se puso el sol, buscando tranquilidad en el movimiento, salí al encuentro de mi hijo y adelanté gran trecho en el camino de puesto. Pero nadie venía y el día había acabado, y las sombras comenzaban a oscurecer la campiña.

De repente, y al volver un recodo que el camino hacía sobre la ceja de un bosque, un espectáculo horroroso apareció a mis ojos.

Era la zona inflamada de un incendio que se extendía roja en el horizonte.

—¡Hijo mío! ¡mi hijo! —exclamé, corriendo hacia aquel lado, desatentada, loca, lanzando gritos de dolor que atrajeron a los moradores de los ranchos vecinos, quienes me siguieron, espantados como yo de aquel siniestro resplandor que acusaba la presencia de los indios.

Cuando llegamos al sitio donde estaba situado el caserío encontramos los ranchos ardiendo en medio del solitario paisaje.

Un silencio sepulcral reinaba en torno, interrumpido sólo por el chasquido de las llamas que se elevaban en torbellinos, alumbrando el espacio en una ancha extensión.

A esa vista habría sucumbido al dolor, si el pensamiento de mi hijo no me hubiera dado fuerzas para arrojarme en busca suya a las llamas, revolviendo los candentes escombros, y llamando a mi hijo con desesperados gritos.

En el fondo de una zanja fue encontrado el puestero, acribillado de heridas y casi espirante.

Prodiguéle cuanto pude imaginar para reanimarlo, trasmitirle mi vida para darle el aliento y la palabra. ¡Mi hijo! ¿dónde está mi hijo? —gritaba a su oído, sin atender al estado, en que se hallaba aquel desgraciado, que murió pocos minutos después, pero dejándome una luz de esperanza que ha sustentado mi vida durante estos tres años corridos para mí como siglos, en busca de mi hijo.

Díjome que cuando desangrado y exánime, yacía en lo hondo del foso, y en tanto que los salvajes se entregaban al saqueo, vio a la joven madrina de mi niño trayéndolo en brazos, inclinarse sobre la zanja, tomar al niño por el largo cinturón que ceñía sus vestidos y deslizarlo hasta el fondo cubierto de altas malezas. Vio también que en ese momento, dos salvajes, apoderándose de ella se la llevaron.

Corrí a la zanja; registréla en todos sentidos. ¡Ay! ¡nada encontré, sino sangre y cadáveres; mi hijo había desaparecido!...

—¡Pero usted no me escucha!... ¡Perdón! La expresión de un largo dolor vuélvese monótona, y fastidia.

Sin responderla, escribía yo en mi cartera el itinerario desde el puerto en que nos hallábamos hasta el puesto de Rioblanco. Y poniéndolo en su mano:

—¡Bendito sea Dios —exclamé—, que me permite pagar a usted su generosa hospitalidad, restituyéndola su hijo!

Es imposible pintar la expresión de gozo inmenso, casi salvaje, con que la madre se arrojó sobre mí para asir el papel que la presentaba. Tomólo con mano trémula, lo recorrió azorada; a la vez llorando y riendo. Exhaló un grito, y sin dirigirme una palabra ni mirarme siquiera, apartóse de mí; saltó en un bote y ganó el puerto.

Aquel afortunado incidente aumentó si posible era mi felicidad. Parecióme de buen agüero aquel azar del destino que me deparaba la santa misión de restituir un hijo perdido a los brazos de su madre.

Confiada, llena la mente de rientes pensamientos, el alma de dulces esperanzas, surqué las aguas de los ríos más bellos que encierra nuestro planeta; y una tarde al caer de las primeras sombras desembarqué en Buenos Aires, la bella capital argentina.

Habría querido, con impresiones menos tumultuosas que las que agitaban mi alma, contemplar la inmensa metrópoli de resplandeciente cúpula, que entreví desde el mirador del hotel de la Paz la sola noche que pasé en su amado recinto, la sola, porque al siguiente día me embarcaba de nuevo para Montevideo, donde tomé un vapor que marchaba a Río Janeiro.

Cinco días después teníamos la magnífica bahía donde se asienta la ciudad imperial, como el nido de una ave, entre huertas y jardines.

La dulce preocupación que me embargaba hubo de ceder ante el grandioso espectáculo que se presentaba a mis ojos. Nada tan bello como aquel anfiteatro de montañas, bosques, vergeles y palacios que, descendiendo de las nubes, mojaba sus pies en las olas del océano.

Sin embargo, mi entusiasmo se enfrió algún tanto, cuando al entrar en la ciudad, vi sus calles angostas y sucias llenas de un pueblo miserable, sujeto a los horrores de la esclavitud.

Yo había nacido en el país donde se practica el sistema republicano en su más pura forma; el aura de la libertad meció mi cuna; y la vista de aquellas miserias me hizo daño.

En un vapor de guerra que trajimos a la vista, llegaron casi a la misma hora dos cuerpos del ejército brasilero que regresaban en relevo del Paraguay. El desembarcadero se cubrió de sus bagajes, cuya mayor parte se componía de los despojos de aquel país heroico y desventurado.

– X –

La esclava

Sola y perdida como un átomo entre aquella multitud caminaba yo, buscando donde alojarme. Muchos hoteles ostentaban a mi paso, sus insinuantes y pomposos nombres; pero invadíalos la hambrienta oficialidad de aquellas tropas, que se precipitaba en sus puertas con bulliciosa turbulencia, espantándome a mí, que me alejaba, no juzgando conveniente a mi desamparo, aquella marcial vecindad.

Al pasar delante de un mercado, llamó mi atención una negra que salía cargada con un enorme canasto de provisiones, agobiado enteramente su cuerpo demacrado, aunque de fuerte musculatura.

—¡Pobrecita! –exclamé, presentándole una peseta–. Toma, y paga a un hombre que te lleve esa carga de mulo, cuyo peso destrozará tus pulmones.

—¡Ah! –dijo ella, en mal español, besando mi mano y la moneda–. ¡Dios pague la caridad a *vostra* señoría! pero los esclavos somos aquí para eso, desde que nacemos hasta que morimos. ¡Qué quiere *vostra* señoría! ¿para qué habían de traernos de tan lejos, sino para servirlos como bestias?

Y luego, fijando en mí sus ojos con una mirada dulce y triste:

—La señora es castellana –dijo–, castellana como mi pobre ama. ¡Cuánto tiempo hacía que no oía hablar su bella lengua! ¡Ama mía! ¡ama!

—¿Pues qué, no estás ya con ella?

—¡Ah! bien quisiera estarlo... allá, en el cementerio. ¡Pero qué quiere *vostra* señoría! ¡no se muere uno cuando quiere!

—¿Y en cuyo poder estás ahora, amiga mía? –continué preguntándole; pues, interesada por aquella esclava, seguíala maquinalmente.

—¡Ay! –respondió ella–. El amo volvió a casarse; pero esta vez con una brasilera como él; y murió dejándome esclava suya.

—Pero ¿no lo era antes también?

—¡Ah! el alma de ahora no es como la otra, que gustaba de vivir tranquila en su casa, rodeada de todos nosotros, rezando y cantando en el piano como un ángel.

Ésta sólo piensa en ganar dinero. ¡Ha hecho del apacible retiro de la finada, una casa de huéspedes, y un tiboli[153] del jardín silencioso donde la santa criatura se paseaba sola, meditando en el cielo!... ¡Oh! ¡ella trafica con todo!... ¡Ah!

—Parece que esto te apesara.

La negra sacudió la cabeza, y secó en silencio una lágrima.

Luego deteniéndose delante de una linda casa de planta baja, llena de luz y frescura:

—He aquí –dijo– esa morada de paz que ahora habitan cincuenta extranjeros.

—¿Quieres, amiga mía, que conmigo sean cincuenta y uno?

—¿La señora necesita alojamiento? Pues lo tendrá muy bueno, y yo el gusto de servirla. Ya verá *vostra* señoría si sé cuidar a una dama.

Mi pobre finada solía decir: "Para mimar a su ama, no hay como Francisca". ¡Qué tiempo feliz aquel! ¡Ahora!...

—Y bien, querida Francisca, me mimarás a mí en los pocos días que debo permanecer aquí; y en verdad harás una obra de caridad, porque estoy sola en el mundo.

—¡Oh! sí; ya verá *vostra* señoría, ya verá...

Y ahora, entre *vostra* señoría, que está en su casa, y todo en ella está a sus órdenes –añadió la pobre esclava, haciéndome rutinalmente los honores de recepción.

---

153 *Tiboli*: o tivoli, jardín de placeres, por Tívoli (o Tibur), la zona cerca de Roma elegida por el emperador Publio Elio Adriano (76-138) para construir su Villa Adriana, adornada con innumerables piezas de arte.

La señora del establecimiento vino a mi encuentro para señalar mi habitación.

Era una mujer hermosa, pero cuya mirada fría y dura, justificaba muy mucho los dolorosos puntos suspensivos con que la pobre negra salpicara su plática.

Aquella tarde fui a averiguar en el puerto si habría, pronto a partir, algún buque con destino al Amazonas; y supe con gozo, que un vapor mercante completaba su carga para marchar por esa vía hasta Iquitos.

Al tomar pasaje en él, dijéronme que pertenecía a mi huéspeda.

Aquella mujer, como lo había dicho su esclava, traficaba con todo.

De regreso a la posada, encontré mi cuarto coquetamente arreglado por Francisca con frescas y perfumadas flores que había furtivamente cortado en el jardín, y traído ocultas en su delantal.

Por más que se denigre a esa raza desventurada, cuán noble y agradecida es el alma de los negros.

Para llenar el tiempo, y sustraerme a mi impaciencia, pasaba el día recorriendo los alrededores de la ciudad, que son deliciosos, así en su parte agreste como en la cultivada.

Encontraba algunas veces perspectivas tan bellas que para contemplarlas de más cerca alejábame insensiblemente de la ciudad a pesar de las recomendaciones de las gentes de la posada, que vituperaban mi imprudente confianza en aquellos parajes donde los negros cimarrones[154] se ocultan y asaltan a los paseantes.

Yo los había encontrado muchas veces en aquellas excursiones; pero lejos de mostrárseme hostiles, habíanme tendido suplicantes las manos, pidiéndome limosna y silencio.

---

154   *Cimarrones*: dícese de los esclavos y los animales domésticos que huyen y se hacen montaraces.

– XI –

La cautiva

Un día que me hube adelantado más que nunca en aquellos paseos solitarios, descubrí, casi oculto entre dos colinas roca-llosas un extenso y sombroso parque en cuyo centro se alzaba un palacio.

Rodeaba aquella hermosa residencia, una verja de hierro alta y fuerte. Su puerta, flanqueada de dos columnas de bronce, abríase bajo la sombra de un árbol secular que se elevaba al lado exterior tendiendo sus ramas en una grande circunferencia.

Al través de las doradas alas de grifo que formaban las hojas de aquella puerta, aspiraba yo las ráfagas de perfume que me enviaban las enramadas de rosas, de jazmines y madreselva que crecían entre ala-medas de bananos y palmeras.

El sol iba a ocultarse, y yo olvidaba la hora, absorbida en la con-templación de aquel delicioso paraje.

Un movimiento de mi mano hízome ver que la puerta estaba sin llave.

Gozosa con este descubrimiento, empujé el postigo, que se abrió en discreto silencio.

—¡Qué dicha! ¡un paseo en este edén!

—¡Cuidado, señora! –oí que decía detrás de mí una voz cascada–. El conserje es una fiera; y si ve a *vostra* señoría...

Volvíme asustada, y buscando en torno mío, divisé, sentado y casi oculto en un hueco que formaba la enorme raíz de uno de los dos árboles a un negro anciano paralítico.

—¡Una fiera! –exclamé–. ¿Un tigre acaso?

—No, señora: un portugués más malo que el demonio. De algunos días a esta parte hásele metido en la cabeza el capricho de no dejar entrar a nadie; si no es el amo, que ha llegado del Paraguay...

—¡Bah! –repuse yo– ¡un portugués! ¡qué me importa él!

Y sin escuchar al negro, cerré tras de mí la reja y me interné en aquel dédalo de jardines, fuentes, rocas y cascadas; retiro delicioso; pero solitario y mudo como un cementerio. Vagando como una mariposa entre aquella inmensidad de flores, habíame acercado insensiblemente al palacio, que desierto y silencioso también, ostentaba en la soledad su bella arquitectura.

Delante cada una de las ventanas de la planta baja del edificio, cerradas todas con rejas doradas, agrupábanse grandes macetas de porcelana donde crecían mezclados jazmines del Cabo, rosas y azucenas silvestres, que yo aspiraba al paso, inclinándome sobre sus perfumados cálices.

De súbito, por entre la reja de una de aquellas ventanas, una mano asió mi brazo.

Volvíme sobrecogida de espanto; pero cesó éste, cuando en vez de un bandido, vi a una mujer, que atrayéndome a sí, con voz angustiosa:

—¡Por el amor de Dios! –exclamó– ¡quien quiera que seas, ayúdame a salir de esta prisión, donde muero de rabia y de terror!

Miréla sorprendida, no sólo por su presencia en aquel palacio desierto; sino por su extraordinaria belleza.

El blanco *tipoy*[155] paraguayo cubría su esbelto cuerpo; y sobre él derramábase en negras ondas su negra cabellera.

—¿Qué debo hacer para liberarte, hermosa criatura? –díjela, estrechando sus manos–. Habla... Pero dime, antes, cómo es que te encuentras aquí, secuestrada en este sitio, que no es ciertamente una prisión, sino un palacio de recreo.

---

155 *Tipoy*: palabra guaraní, túnica o camisa larga sin mangas que llega más abajo de las rodillas; indumentaria típica de la mujer en las reducciones jesuíticas del Paraguay.

—El tiempo apremia –respondió ella– pueden encontrarte aquí, hablando conmigo; y en ese caso tu muerte es cierta. Ya lo sabes. Ahora, ¿quieres oírme?

—Sí, habla.

—Mi historia es corta: hela aquí.

– XII –

Los frutos de la guerra

Dormía yo en mi hamaca bajo la fronda de los naranjos del patio, en nuestra bella aldea, no lejos de Humaitá, a las orillas del sagrado río paraguayo.

Mi novio, el valiente Martel, combatía en las filas de los bravos sobre las murallas del fuerte.

En aquel momento, soñando con él, veíalo acercarse triunfante y tenderme los brazos.

Iba a echarme en ellos, cuando el horrible estampido del cañón me despertó despavorida.

Los enemigos ametrallaban nuestra aldea, que desapareció luego con mi cabaña entre torbellinos de humo y de llamas.

Cuando volví en mí de aquella horrorosa pesadilla encontréme en un recinto oscuro, estrecho y cerrado.

Buscando a tientas una salida, tropecé con un objeto frío que hirió mi mano.

Era un puñal. Recogílo y lo guardé en mi pecho, regocijándome instintivamente de poseer aquella arma.

No de allí a mucho, la blanca luz del alba, penetrando por una claraboya, alumbró el sitio en que me hallaba.

Era un camarote.

Rompí en el momento que ponía en acción mi designio, echando el cuerpo fuera de la claraboya, un hombre que entraba al tiempo mismo en el camarote, asió de mí, y me impidió lo que deseaba: ¡Morir!

Aquel hombre era un jefe brasilero; conocido por su color cetrino[156], y lo miré con horror.

Pero él, sin tenerlo en cuenta, hízome saber que yo era su prisionera, que debía seguirlo a su país donde regresaba conduciendo fuerzas de relevo. Y concluyó declarándome que me amaba, y que debía ser suya.

—¡Tuya! ¡infame *cambá*! –exclamé–. ¡Jamás!

Él se rió de mi indignación, ¡y me dejó al cuidado de un esclavo que veló haciendo cerca de mí constante centinela.

Al llegar aquí ocultáronme en el fondo de la bodega; y en la noche me desembarcaron en un paraje solitario de la bahía, conduciéndome enseguida a este encierro, donde el infame que me tiene aprisionada viene cada día a amenazarme con su amor.

—Yo te libertaré de él –exclamé, estrechando las manos de la pobre cautiva; en este momento voy a delatarlo a la justicia.

—Guárdate de ello. En este país de déspotas y esclavos, expondrías tu vida sin lograr salvarme... Pero, gracias al cielo –añadió con una fiera sonrisa–, conmigo llevo una segura defensa... y en último caso... el fin de todos mis males.

Y entreabriendo los pliegues de su tipoi, mostróme sobre su pecho el mango de un puñal.

—¡No! –díjela, horrorizada de aquella lúgubre resolución– nada agresivo, nada homicida, en estas lindas manitas, que yo armaré de una lima y una llave, discretos instrumentos que franquean sin ruido, puertas, rejas y cerrojos.

—¡Bendita seas! –exclamó la bella paraguaya, besándome con fervor–. ¡Ah! ¿con qué es posible que yo salga viva de este antro?... ¿que vuelva a la libertad, a la patria, al amado de mi corazón?

¡Ve, oh mi ángel tutelar! ¡ve a realizar ese ensueño de dicha; pero no tardes! Mi alma comenzaba a hundirse en los abismos de la desesperación: tú la has hecho entrever la esperanza. ¡Piensa, pues, cuán ho-

156 *Cetrino*: color entre verdinegro y pálido.

rrible será el suplicio de aguardar!...

La cautiva se interrumpió de repente; y estrechando mi mano con espanto:

—¡En nombre del cielo! –exclamó– ¡huye!... que alguien se acerca y puede sorprendernos... ¡Huye! ¡pero vuelve pronto!

Huí, en efecto; y ocultándome entre los floridos matorrales, gané la puerta del parque, cuyo postigo había yo cerrado.

Al verme salir el negro paralítico se santiguó con terror.

—No lo vuelva a hacer *vostra* señoría –díjome con aire misterioso–. Muy poca cosa es el gusto de pasear un jardín, para comprarlo con la vida.

—¿Pues tantos peligros encierra este amenísimo paraje?

—¡Qué si los encierra! ¡Ah! ¡lo que han visto mis ojos, en los veinte años que hace me guarezco bajo las raíces de este árbol!

Fijéme entonces en la enorme raíz que ya antes llamara mi atención y reparé en un agujero que la carcoma le había hecho, formando una especie de horno que servía de albergue al pobre inválido.

—Y ¿por qué vives en este paraje solitario, y con tan mala vecindad?

—Porque es el camino del santuario que está a la espalda de aquel cerro, y los peregrinos me dan, al paso, una limosna.

En tanto que el viejo negro hablaba, había yo tomado lodo de una acequia que corría al pie del árbol; y mezclándolo con tierra, amasaba entre mis manos una pasta.

Cuando estuvo ésta bien consistente, alcéme de la estera donde estaba sentada al lado del mendigo, y fingiendo dar una última ojeada al jardín, acerquéme a la puerta y procurando ocultarlo a la mirada de aquel, imprimí la cerradura en mi pasta de tierra, que reprodujo perfectamente su forma.

Contentísima con aquel triunfo que aseguraba la libertad a la pobre cautiva, di una moneda al negro, y me alejé ofreciéndole volver y traerle tabaco y aguardiente.

Aquella noche híceme acompañar por Francisca al taller de un cerrajero, y mandé forjar la llave que debía dar libertad a la joven paraguaya.

Al siguiente día, provista de una botella de aguardiente, una libra de tabaco, y en el bolsillo un paquetito conteniendo lima y llave, salía yo de la casa de huéspedes en dirección al aislado palacio.

Al atravesar el vestíbulo, el amo de la casa vino hacia mí para anunciarme que el vapor zarpaba aquella noche, y que era necesario embarcarse al oscurecer.

A pesar de que aquel aviso colmaba mi deseo, contrarióme sin embargo, a causa de la desventurada a quien debía libertar esa noche, y que sin mí, se encontraba sola y sin amparo en un país desconocido.

Agitada por estos tristes pensamientos, llegué a la puerta del parque.

El negro recibió gozoso mis presentes; y les hizo grande honor.

Mientras él empinaba su botella, acerquéme a la puerta y probé la llave, que abrió inmediatamente la cerradura.

El sol iba a ponerse, cuando yo, ocultándome entre las enramadas de jazmines, llegué al pie de la ventana donde suponía que la cautiva me esperaba anhelante.

La ventana estaba cerrada, así como todas las demás, en aquella ala del edificio.

Un presentimiento siniestro oprimió mi corazón.

Aguardé; aventuréme a llamar discretamente en los postigos.

El silencio solo respondió.

"¡Suceda lo que Dios quiera!", díjeme; y dejando el paquetito que encerraba la lima y la llave, apresuréme a abandonar aquellos sitios y volver a la ciudad, pues comenzaba a oscurecer, y yo debía embarcarme luego.

—Amigo mío –dije al negro–, toma esta bolsa: contiene bastante oro para ti, y para que cumplas, una misión sagrada que voy a dejarte. Escúchame, y que Dios te dé acierto para cumplirla.

—Hable *vostra* señoría –respondió él con cariñoso apresuramiento–, ¿qué debo hacer que le sea grato?

—Y bien, en el curso de esta noche, o en la de mañana, una joven hermosa, de largos cabellos negros y vestida con una túnica blanca, saldrá furtivamente por esta puerta.

Es una extranjera; y al huir de ese palacio donde la condujo la violencia, encontrárase sola en un país desconocido, y, lo que es más, entre las tinieblas.

Ampárala tú: ocúltala en tu choza de raíces, y dala una mitad de este oro, con el que podrá volver a su patria. ¿Lo harás?

—¡Oh! ¡sí! no sólo por *vostra* señoría, sino, por esa pobre forastera. ¿Acaso no sé yo lo que es hallarse solo en el mundo?

Yo la ocultaré; le daré su oro, y confiaré su situación al padre José, un bueno y santo ermitaño que mora en lo alto del cerro, orando por los desgraciados, y socorriéndolos con sus consejos y sus limosnas. Él proveerá a todo.

—¡Dios te lo pague, amigo! ¡Y ahora, adiós! que dentro de algunas horas debo partir.

– XIII –

La nueva Hécuba

De regreso a la posada, encontré mi equipaje alistado por Francisca; y a ésta, que sentada en el suelo, me aguardaba llorando.

—¿Qué tienes, querida mía? –la pregunté conmovida–. ¿Por qué ese llanto?

—¡Y me lo pregunta *vostra* señoría! ¡y me ve arreglando sus bagajes para que se marche de aquí, y que la pobre Francisca no vuelva a verla más!

—Fácil es, amiga mía, que sigas viéndome siempre –díjela, pensando en el tesoro que yo había hecho voto de emplear rescatando los crímenes de mi abuelo.

—¡Ah! –exclamó ella– ¿sería *vostra* señoría tan buena que se quedara por amor de esta negra?

—No, hija mía; pero hay otro medio para no separarnos jamás.

—¡Ah! ¡dígalo *vostra* señoría, y no me engañe después de darme esa hermosa esperanza!

—¡Pues bien! Si tú quisieras buscar otro amo ¿en cuánto te apreciaría tu señora?

—En el inventario que de los bienes del amo se hizo después de su muerte, fui yo tasada en doscientos patacones.

—He aquí en oro algo más de esa suma –díjela presentándole una veintena de onzas–. Ve a comprar tu libertad y ven conmigo al Perú.

Los brazos de la pobre esclava, que estrechaban mis rodillas, cayeron inertes.

—¡Ay! ¡de mí! –exclamó– guarde *vostra* señoría su dinero para otra menos desdichada que la pobre Francisca.

—¡Qué! ¿será posible que rehúses la libertad?

—¡Ah! es que por mucho que ame a *vostra* señoría, no puedo dejar, para seguirla, esta ciudad, donde mis siete hijos, vendidos uno a uno, están repartidos como perros.

—¡Qué horror! –exclamé indignada.

Francisca sollozó amargamente.

—¿No había yo dicho a *vostra* señoría que mi nueva ama trafica con todo?

—¡Hasta con la carne humana! ¡Y lo sufrís, vosotros, desventurados! ¡y no alzáis la mano contra vuestros tiranos!

Hablando así, bañados los ojos en lágrimas de indignación, abría mi baúl, y buscaba en el secreto de su fondo el tesoro de mi abuelo.

—Seca el llanto, triste madre –dije a la esclava, que sentada en tierra apoyaba la frente en sus rodillas–. Este oro representa tres mil patacones. Tómalo, y corre a libertar a tus hijos.

Francisca levantó la cabeza y se quedó mirándome embebecida[157].

Y como en este momento vinieran a decirme que era hora de embarcarse, aproveché aquella especie de pasmo para substraerme a su ruidosa gratitud, y corrí al puerto.

Cerraba la noche, y las primeras estrellas comenzaban a brillar en el cielo.

A su vista, el recuerdo de la cautiva cruzó mi mente como una sombra.

A esa hora, quizá, contemplándolas, y a la luz de sus dulces rayos, limaba ella los cerrojos de su prisión, y recobraba la libertad... o bien, sorprendida en el momento de alcanzarla, sus carceleros la enterraban viva en el fondo de un calabozo... ¡o, tal vez, aun, por huir de una violencia, por dar fin a sus miserias, aquel puñal!...

---

157 *Embebecida*: embelesada, enajenada por algo que le causa extremo placer.

A ese pensamiento, sentíme helada de terror; y elevando el corazón a Dios, dirigíle por ella una ferviente plegaria.

El silbato del vapor, que enviaba un sonido prolongado, llamando a los pasajeros, llevóme a otro linaje de pensamientos.

Pensamientos dulcísimos, que volando en alas del deseo, iban a detenerse todos en aquel encantado retiro, edén prometido a mi alma sedienta de amor; deliciosa cita a que acudía yo de tan lejos, llena la mente de ardientes ensueños.

Apoyada en la borda y mis cabellos mecidos por el viento de la noche, nada veía; nada oía en torno mío, fijos los ojos y el pensamiento en un encantado miraje de donde me llamaba tendiéndome los brazos, aquel que era el aliento de mi vida, el anhelo de mi corazón.

La luz del día me encontró así, entregada a ese grato desvarío que duró todo el tiempo de aquel viaje, el más bello que haya hecho nadie jamás; llevando un edén ante la mirada y en perspectiva la felicidad.

Colocábala yo en cada uno de los deliciosos parajes que se desarrollaban a mi vista en aquellas poéticas riberas.

—En aquel florido otero –me decía– pasearíamos juntos; mi brazo sobre el suyo; entre su mano mi mano. Bajo ese grupo de naranjos descansaría, reclinada mi cabeza en sus rodillas. A la sombra de esta roca tapizada de lianas, sentados el uno al lado del otro, escuchando el rumor cadencioso de las olas, contemplaríamos el océano, infinito como nuestro amor.

—¡El Amazonas!...

Oí gritar una mañana que, fatigada por largas vigilias, habíame quedado dormida en un banco sobre cubierta.

Alcéme, palpitante el corazón, y vi la ribera del caudaloso río extenderse con su verdifranja de selvas hasta perderse en las profundidades del oeste.

A la vista de aquel raudal a cuyas orillas divisaba la dicha, un sentimiento extraño, mezcla de gozo y de terror, se apoderó de mi alma.

Próxima a realizar el voto más ardiente del corazón, sentía miedo, cual si me acercara a un abismo.

¡Habría deseado retroceder!

Pero el vapor se deslizaba veloz, remontando la corriente del majestuoso río, cuyas márgenes, estrechándose, extendían sobre él la

sombra misteriosa de sus selvas, solitarias en apariencia, pero donde re-
bulle la vida bajo mil diversas formas.

Bandadas de aves de brillantes plumajes cruzaban de una a otra
margen esparciendo en el aire variados y melodiosos cantos; millares
de monos chillaban encaramados sobre la copa de los árboles; y de vez
en cuando el rugido del tigre se elevaba de lo hondo del boscaje.

– XIV –

Decepción

Una mañana, en fin, Iquitos amaneció a la vista; y poco después, mi pie tocaba aquella tierra prometida.

Pregunto, me informo, y corro hacia ese encantado retiro donde me esperaban los brazos de mi esposo.

Acércome; ¡llego!

Una verja de madera pintada de verde encierra un paraíso de flores y bellísimos árboles que crecen mezclados, formando una masa de verduras.

A su sombra, blanca, fresca y coqueta, escondíase una linda casita, verdadero nido de amor, por cuya puerta, discretamente entreabierta me precipité con los brazos abiertos pronunciando un nombre.

El silencio respondió sólo a ese amoroso reclamo. La casa, primorosamente decorada y mostrando recientes vestigios de la presencia de sus habitantes, hallábase desierta.

A mis voces, al ruido de mis pasos, acudió un hombre que trabajaba en el fondo del jardín.

—¿La señora es sin duda una parienta que el señor conde

aguardaba antes de partir? –dijo, haciéndome una cortesía.

—¡Ha partido! –exclamé– ¿ha partido, has dicho tú?

—Sí, señora, partió para Europa con su esposa, que vino a buscarlo; y ambos deben hallarse a estas horas en Viena, donde se dirigían, según les oí decir...

Pero ¿qué tiene la señora? ¿Se siente enferma?

Yo no lo escuchaba. Había caído en tierra, casi exánime, pálida, helada, secos los ojos y el corazón henchido de sollozos.

Cuando pude darme cuenta de lo que sucedía en torno mío, vi que aquel hombre, ocupado en socorrerme, rociaba mis sienes con vinagre y procuraba consolarme como podía.

—No se aflija la señora –estaba diciéndome–. Aquí estoy yo para servirla, y nada le faltará; como que la casa encierra cuanto puede necesitar una dama tan mimada como la esposa del conde.

Pero –añadió– él lo dirá a la señora en una carta que me encargó de entregarle.

Y yendo a buscarla en un tarjetero de salón, presentómela en una bandeja de plata.

Toméla con avidez y la abrí.

"¡Te amo –había escrito una mano agitada–, te amo, Laura mía! Tú eres mi solo, mi único amor, si es verdad que este sentimiento sea una mezcla de ternura infinita y de fervorosa adoración.

Pero ¡ay! una influencia fatal se interpone siempre entre nosotros, y me arrastra lejos de ti, en el momento mismo que nuestras almas, atraídas por el amor tan puro como inmenso, van a unirse para siempre.

¿Es un ángel o un demonio el ser extraño que se ha colocado entre nosotros?

El siniestro ascendiente que ejerce en nuestro destino, ¿viene del cielo o del abismo?

No lo sé; pero su poder sobre el desventurado que te adora es incontrastable, invencible.

¡Libértame de él, Laura mía! ¡Esta alma es tuya, sálvala! ¡rompe el lazo infernal que encadena mi cuerpo, y vuélveme a tu amor!".

La lectura de esta carta serenó un tanto mi espíritu y si no mitigó mi dolor, quitóle, al menos, todo cuanto en él había de cólera y despecho.

¡Me amaba! la más noble porción de su ser me pertenecía. Si otra mujer fascinaba sus sentidos, su alma era mía.

Pensando así, daba a mi esposo los nombres más tiernos, y lo bendecía.

Desde ahora veo tu sonrisa desdeñosa, al leer estas líneas.

¡Ah! es que tu alma, forjada en un yunque de granito no comprende la mía, blanda y misericordiosa, hecha, más para las lágrimas que para las imprecaciones.

Así soy, y quiero ser así.

– XV –

Los bárbaros del siglo XIX

Habíame resignado. Abarcando con una mirada mi situación, víla clara, y la definí.

Aquel solitario retiro era el hogar conyugal: allí debía quedarme, y aguardar, armada con la santidad de mi derecho, la ocasión de atacar y vencer esa influencia maléfica que pretendía robármelo.

Mas, debiendo, ante todo, salvar la dignidad de aquel cuyo honor estaba unido al mío, juzgué forzoso apoyar una odiosa mentira.

—En efecto –dije, volviéndome risueña al criado para extraviar la suspicacia de su mirada–, como lo ha usted previsto, mi hermano me manda esperar aquí su regreso.

—¡Oh! –repuso él– yo estaba seguro de que ese era su deseo; aunque, y quizá por esto mismo, guardábase de hablar de ello en presencia de su esposa.

¡Ah! con perdón de la señora; pero es necesario convenir en que las mujeres son egoístas; y quieren monopolizar todos los afectos; ella, sobre todas, tan engreída y exigente, que pide cuenta al señor conde, hasta de sus pensamientos.

Y aquel hombre, sin saber que destrozaba mi corazón, charló hasta lo infinito, sobre el amor de su amo para aquella que él llamaba su esposa.

Y todo esto, yendo y viniendo, y arreglándolo todo para hospedarme; con la volubilidad y ligereza de un francés que era.

Sirvióme un delicado desayuno al que no toqué, abrumada por tantas dolorosas emociones.

Como notara mi abatimiento:

—Si la señora quiere reposar –dijo, haciendo una reverencia–, su cuarto está listo.

Y me condujo a un precioso gabinete cuyas ventanas se abrían al oriente, a dos pies de altura sobre un pradito de donde se divisaba el camino.

Delante de la reja, se habían detenido algunos hombres que al verme asomar, me saludaron con ademanes de una familiaridad casi ofensiva.

—Son los señorones del lugar –díjome el criado, con acento desdeñoso–; la mejor parte de ellos, altos empleados del gobierno; pero ¡ah! yo, que no soy sino un pobre sirviente, sin más nombre que Juan a secas, podían sin embargo darles lecciones de cortesía; y más que todo, de respeto a las señoras.

Y cerró, con muestras de disgusto la ventana de donde habíame yo retirado.

Dormía aquella noche, tras largo insomnio, un sueño fatigoso, cuando me despertaron asustada fuertes golpes dados en la puerta de la casa.

Poco después, Juan, llamando, a la de mi cuarto, pedíame permiso para entrar.

—¿Qué sucede, por Dios? –exclamé, arrojándome de la cama.

—Que esos hombres han roto la verja, invadido el jardín, y están ahí, en la puerta, amenazando romperla si no se les abre para llegar hasta la señora.

—¿Y quiénes son esos hombres?

—Los que hoy dirigían a la señora indecorosos gestos.

—¿Y qué quieren a esta hora? Despídalos usted.

—¡Ah! la señora no sabe que en este país hay dos clases de salvajes:

los agrestes y los civilizados.

Estos últimos, los más temibles, son los que intentan asaltar esta casa y arrebatar de ella a la señora.

—¡A mí! ¡Dios mío! ¿en dónde estoy?

—En una tierra bárbara, donde no alcanza la acción de las leyes; donde se ejerce el más escandaloso vandalismo.

En ese momento, un terrible golpe asestado a la puerta y seguido del crujir siniestro de maderas rotas, interrumpió de súbito a Juan, quien armándose de un revólver corrió afuera.

—¡Ampáreme usted, por Dios! –grité aterrada.

—Confíe en mí la señora –respondió él–. Voy al encuentro de esos desalmados que para llegar a ella pasarán primero sobre mi cadáver.

Y lo cumplió el valiente francés.

A oscuras, sin conocer las localidades, ni saber dónde dirigir mis pasos, guiada sólo por el terror, arrojéme por la ventana, crucé el jardín y gané el campo saliendo por la fractura que los salteadores acababan de hacer en la verja.

Perdida entre las tinieblas en un paisaje desconocido, vagué la noche entera transida de frío y de miedo, procurando en el temor de ser descubierta ocultarme caminando a la vera de los bosques, fatigada, casi exánime, mojados mis cabellos y mis ropas por el rocío de la noche.

Multitud de aves nocturnas cruzaban sobre mi cabeza, rozándome al paso con sus grandes alas; bajo mis pies sentía arrastrarse los reptiles, y no lejos escuchaba rugir al jaguar.

Pero todos esos horrores parecíanme nada, ante el inmenso terror que me inspiraban los seres humanos de quienes iba huyendo; y al zumbido del viento, al rumor de las hojas, estremecíame de espanto creyendo percibir en ellos el ruido de sus pasos.

Al día siguiente, una mujer que recogía plátanos en el bosque, me encontró medio muerta al pie de un árbol.

Movida de compasión, ayudóme a levantar, y me llevó a su choza, situada no lejos de allí.

Mientras su marido encendía fuego para secar mis vestidos, ocupábase ella en prepararme una bebida refrigerante.

Un tanto restablecida, quise volver a la casa donde la noche anterior dejara al valiente Juan combatiendo en mi defensa.

Mis caritativos huéspedes se ofrecieron a acompañarme. Ellos conocían el camino, que yo no habría podido encontrar.

Quedéme asombrada de las fragosidades casi insuperables que había recorrido sin sentirlas, en alas del miedo.

Un espectáculo horrible se nos presentó al entrar en la casa, entonces desierta y silenciosa.

El cadáver de Juan yacía en un lago de sangre, atravesado el pecho de un balazo; y no lejos de allí, una mesa cargada con los restos de un festín, acusaba la orgía a que los asesinos se entregaran después de su crimen.

Lloré el fin prematuro de aquel valiente joven, que, sólo contra muchos, había perecido por defenderme.

Mi huéspeda lo envolvió piadosamente en una sábana, y su marido cavó una fosa en el jardín y lo sepultó.

Los bandidos, frustrado su criminal intento, habíanse contentado con un asalto a los vinos y licores de la repostería, dejando intacto el resto de la casa.

Tomé mi dinero, algunas ropas, y huí de aquel sitio, más atemorizada, aun, que la víspera, a causa de los espantosos relatos que, de los crímenes cometidos diaria e impunemente en el país, habíanme hecho mis huéspedes.

Comuniquéles el proyecto que había formado de evadirme, huyendo por la vía de tierra.

Ellos procuraron disuadirme, presentándome los innumerables peligros de aquel largo y penoso viaje entre selvas plagadas de fieras, con numerosas jornadas a pie al través de torrentes, pantanos y precipicios.

Pero esos peligros eran menos temibles que aquellos a que yo quería substraerme.

Además, en el estado actual de mi alma, agradábame la perspectiva de este viaje entre las grandes escenas de la naturaleza; y la presencia misma de los peligros que habían de rodearme, tenía un encanto melancólico que me halagaba.

Viéndome decidida a partir, aquellas buenas gentes no insistieron más; y se ocuparon de preparar mi marcha.

Contrataron a un vecino suyo, patrón de una hermosa canoa tripulada por cuatro hombres, que, mediante una corta suma debía conducirme a Balsapuerto, donde me daría cargadores que me llevarían en hombros hasta Moyobamba.

Concluídos estos arreglos, al anochecer de aquel día, acompañáronme hasta un recodo solitario del río, donde la canoa me aguardaba.

Despedíme con lágrimas de aquellos amigos que Dios había enviado a mi desamparo, y que se quedaron llorando también, y enviándome sus bendiciones.

Por consejo suyo vestíme de hombre, evitando así las dificultades infinitas que las faldas encuentran en todo, esencialmente en un viaje.

Un pantalón de tela rayada; una blusa de lienzo azul, y un gorro de vicuña que encerraba mi cabellera, transformáronme de manera que nadie habría reconocido a una mujer en el muchachón que, empuñando un remo, bogaba entre los hombres de la canoa.

Una hermosa luna alumbraba nuestra ruta, derramando sus blancos rayos sobre las olas del río, como una estela de plata.

Al mediar de la noche desembarcamos, para dormir, en una de esas playitas buscadas de los viajeros, y raras en ese río, como todos los de aquella comarca, invadida por las selvas.

Mientras cenábamos, los tigres, atraídos por el olor de la carne, acercábanse rugiendo; pero espantados de las llamas de nuestra fogata, se detenían a la ceja del bosque, en cuya sombra veíamos centellear sus ojos.

¡Qué de misterios en aquella vasta zona de exuberante vegetación, de maravillosas producciones, poblado de seres míticos, desde el flamígero carbunclo[158] hasta el alado dragón!

Sin las dolorosas preocupaciones de mi ánimo, cuánto habría gozado en la contemplación de aquellas esplendorosas regiones.

158 *Carbunclo*: en su versión Andina, animal legendario, pequeño, con forma de tortuga, su caparazón está cubierta de piedras preciosas, sus huesos son de oro y plata y su sangre de fuego.

– XVI –

Costumbres primitivas

D espués de una larga navegación, remontando el curso de ríos, ora de mansa, ora de impetuosa corriente, llegamos en fin, a Balsapuerto, de donde era necesario emprender en hombros de indios un trayecto de cinco días hasta Moyobamba.

Causóme tal terror la idea de escalar y descender los precipicios de aquella extraña manera, que arrostrando la fatiga, el fango y los reptiles, preferí marchar a pie.

Sin embargo, yo superé valientemente esos obstáculos; y lejos de sentir cansancio, encontrábame ligera y fuerte.

Tan cierto es que el dolor del alma preserva al cuerpo y lo hace invulnerable.

El subprefecto de Moyobamba y su joven esposa, me hicieron la más benévola acogida. Encantados de ver a una persona con quien poder hablar del mundo en aquel apartado rincón, apoderáronse de mí y me retuvieron muchos días en su compañía.

Para dejarme más a mi gusto, hospedáronme en una graciosa casita sombreada por grandes árboles, y pusieron a mi servicio a una linda muchacha, que se me presentó llevando por solo vestido un largo camisón.

Desde mi paso por las costas del Brasil habíanse ya habituado mis ojos a esa parvedad de ropas, que por lo demás favorecía muy mucho a Catalina.

Mi nueva criada me preparó un baño en un recipiente formado por el tronco ahuecado de un cedro.

Mientras lo tomaba, víla ocuparse en arreglar mis vestidos, sustituyendo a los arreos masculinos un elegante *peplum*[159] azul con falda de gasa.

Como la preguntara con qué motivo sacaba a luz esas magnificencias, díjome que el subprefecto daba aquella noche un baile en obsequio mío; al que debiendo asistir, no había de ir ciertamente disfrazada de hombre, sino vestida de aquel primoroso traje.

Y lo preparaba añadiéndole detalles de refinado buen gusto, inspirados por una coquetería instintiva.

Escuchando el aviso de Catalina, creía comprender mal sus palabras: tan extraña me parecía la idea de un sarao en aquellos andurriales. Pero yo olvidaba que es, precisamente, en esos lugares, donde más se baila.

El origen de la danza es salvaje.

No de allí a mucho llegó el prefecto a buscarme para llevarme a su casa, en cuyo salón tenía lugar la fiesta.

—Acuéstate, hija mía, y no te molestes esperándome –dije, al salir, a la linda Catalina, que me miró con extrañeza.

El baile estaba muy concurrido, y Moyobamba magníficamente representado en multitud de jóvenes cuya belleza habría lucido en los más elegantes salones.

Su tocado mismo, asaz estrambótico[160] prestábala una nueva gracia.

En agradecimiento al amable obsequio del subprefecto hube de aceptar su invitación para bailar con él la primera cuadrilla, ejecutada por una arpa y dos violines.

Componíanla los empleados de la subprefectura, y varias preciosas jóvenes, entre las que una llamó mi atención no sólo por su belleza, sino por una extrema semejanza con alguien que yo no recordaba.

—¿Quién es ésta hermosa niña de la cabellera suelta y sembrada de rosas? –pregunté a la esposa del subprefecto.

---

159 *Peplum*: o peplos, vestimenta femenina griega, manto que se colocaba ajustado a los hombros con adornos y sujeto al talle con un ceñidor.
160 *Estrambótico*: extravagante, irregular y sin orden.

—¡Cómo! –respondió ésta– ¿no reconoce usted a Catalina?

—¡Mi sirvienta! –exclame, asombrada.

—Oh, sí –replicó ella–. Aquí nos hallamos muy lejos de los centros civilizados, para imponernos sus preocupaciones; y vivimos bajo un sistema de igualdad patriarcal, dando a nuestros criados su porción en nuestros goces, como parte integrante de la familia.

¿Ve usted aquella buena moza del vestido *mordoré*?[161] Es nuestra cocinera. Ha dejado en un remanso del río los tiznes del fogón; y engalanada con esa rama de madreselva que la perfumaba y embellece, entrégase al placer de la danza, sin que nada en ella haga sospechar que hoy se ha ocupado en freír ajos y cebollas.

Encantada de aquella democrática costumbre, regresé a casa dando el brazo a Catalina.

Mi corta morada entre los buenos habitantes de Moyabamba, hízome mucho bien.

Tranquilizó mi espíritu, fortaleció mi alma, y desterró de mi mente los negros pensamientos que me asediaban.

Así, cuando llegué cerca de ti, me encontraste bella, fresca, y enteramente distinta de aquella que partió moribunda, llevando en su rostro pálido y demacrado el anuncio de un próximo fin.

Tu ejemplo dióme aliento para aplicar remedios heroicos a las heridas de mi corazón; y hoy, escondida en este asombroso retiro, entre los Andes y el océano, adormézcome en la paz, no del olvido, sino de la resignación.

. . . .

Laura interrumpió de repente su correspondencia, y pasaron muchos días sin noticias suyas.

Cuando aquel silencio comenzaba a inquietarme, creyendo que se encontrara enferma, recibí una carta con el timbre de Río Janeiro.

Era de ella.

«Como todo lo que invoco, la paz huyó de mí –decía, en caracteres que la mano había escrito con febril impaciencia.

161 *Mordoré*: rojo oscuro.

«¡Tanto mejor! Hoy la esperanza, esa luz fugaz y encantadora, me sonríe de nuevo, y me llama con deliciosas promesas, encerradas todos en los pocos renglones de esta lúgubre carta recibida en uno de mis más tranquilos días.»

—«¡Gracias al cielo»–decía en ella aquel con cuyo recuerdo vive mi alma–, gracias al cielo, Laura mía, roto está el lazo satánico que dividía dos existencias unidas por el amor y la religión!

«El ser infernal que encadena mi destino, abandonó su odiosa posesión en el umbral del calabozo donde me sepultara su perfidia.

«Es una sombría historia.

«Un día, amada mía, recordé que por mis venas corría la heroica sangre de Esteban Tekeli; y ayudado de un puñado de bravos, quise libertar mi patria, y restituir a la Hungría su lugar entre las naciones.

«Todo estaba pronto, y nuestros hermanos apercibidos para la lucha; pero vendidos por la traición de una mujer comparada con oro austríaco, a la deportación; yo a prisión perpetua en este castillo de Spielberg, situado entre áridas llanuras.

«¿Lo creerás, amada mía? ¡Oh! ¡sí! ¡créelo, yo te lo ruego! En esta miserable situación, soy feliz, porque puedo consagrar mi alma y mi vida a tu recuerdo. Aquí vivo contigo; y tu adorada imagen ilumina con una luz dulcísima las negras paredes de este encierro.

«¡Perdóname! Cuando mis errores te hagan execrar mi memoria, acuérdate que te amo; y que el amor es un crisol sublime que todo lo purifica.

«Después de la lectura de esta carta sólo tuve un pensamiento, un anhelo sólo:

«Reunirme a mi esposo; partir con él los horrores de su condena.

«Desde luego, púseme inmediatamente en camino por la vía del Estrecho de Magallanes.

«Durante la navegación, pensando en las dificultades que encontraría para que se me permitiese tomar mi parte en el cautiverio de mi esposo, pensé en un sabio alemán amigo mío, y residente en Buenos Aires, muy estimado del emperador de Austria, y que mantenía con él una correspondencia científica.

«A él resolví, pues, recurrir en demanda de una recomendación.

«Así, a mi llegada a Montevideo, tomé pasaje en un vapor del río, y llegué todavía una vez a esa bella ciudad de la patria, que por una extraña coincidencia sólo me era dado entrever, cual la fantástica aparición de un sueño.

«El personaje a quien iba a buscar hallábase en Belgrano, lindo pueblecito situado en los arrabales de la ciudad.

«Tomé asiento en un *tren–way*[162] y fui a verlo allí.

«Era un domingo.

«Al atravesar la plaza del Retiro, sitio de reunión para la sociedad bonaerense en tales días, un lujoso carruaje se detuvo delante de la verja, y tres niños elegantemente vestidos descendieron enviando besos a dos señoras que se quedaron en el coche.

«A pesar de la rapidez del *tren–way*, reconocílo con grande asombro mío.

«Eran aquellos niños los hijos de la puestera del Rioblanco, en compañía del lindo rubito; una de las señoras, aquella buena mujer, y la otra, mi amable compañera de camarote en la travesía de Corrientes al Rosario.

«Y no eran ellos solos: el puestero ocupaba el pescante.

A esa vista, elevé el corazón a Dios, y le di gracias por haberme hecho instrumento de su misericordia.

. . . .

«Héme aquí todavía de paso en esta encantadora bahía de Río Janeiro, como la otra vez, llevando en perspectiva una esperanza, halagüeña entonces, hoy sombría; pero siempre una esperanza.

«Antes de abandonar estas riberas, y en las horas que tenemos delante, voy a cumplir un anhelo del corazón: averiguar la suerte de la pobre cautiva que viérame precisada a abandonar en la hora del peligro.

. . . .

162 *Tren-way*: del inglés tramway, tranvía.

«Desembarqué, con el corazón palpitante de ansiedad por llegar al solitario palacio.

«Mas a los primeros pasos que di en las inmediaciones del muelle, sentíme de súbito estrechamente abrazada por la espalda.

«Volvíme, sorprendida, y vi a una negra de notable gordura que me contemplaba llorando de gozo.

«—¡Cómo! —exclamó, con una voz que reconocí al momento—. ¿No se acuerda ya *vostra* señoría de su negra?

«Era Francisca; pero no triste y demacrada, como yo la dejé, sino robusta y luciente.

«—Ahora sí que estará *vostra* señoría bien alojada en mi casa, donde vivo con mis siete hijos, libres como yo, gracias a *vostra* señoría.

«Y llamando a gritos una turba de nombres, vime luego rodeada por cuatro mocetones y tres muchachas alegres y rollizas, que me abrazaron, rogándome que entrara en su casa.

«Excuséme con la premura del tiempo y ofreciéndoles volver, corrí al palacio.

«Poco después descubrí sus bóvedas y balcones; sus jardines y alamedas; los grandes árboles que sombreaban su puerta, y al negro paralítico sentado en el sitio de costumbre.

«—Domingo, ¿no me reconoces ya?

«—¡Oh! sí; pero, es que *vostra* señoría ha cambiado mucho; y los ojos del pobre negro se oscurecen más cada día.

«—¿Recuerdas la misión que te encargué aquel día, próxima a partir?

«—¡Oh! sí que la recuerdo.

«—¡Y bien!... pero al mediar de ella, conducido por dos esclavos, salió un ataúd...

«¡Ah! ¡también así, un día saldrá otro del castillo de Spielberg!».

FIN

Thank you for acquiring

PEREGRINACIONES DE UNA ALMA TRISTE

from the
Stockcero collection of Spanish and Latin American significant books of the past and present.

This book is one of a large and ever-expanding list of titles Stockcero regards as classics of Spanish and Latin American literature, history, economics, and cultural studies. A series of important books are being brought back into print with modern readers and students in mind, and thus including updated footnotes, prefaces, and bibliographies.

We invite you to look for more complete information on our website, **www.stockcero.com**, where you can view a list of titles currently available, as well as those in preparation. On this website, you may register to receive desk copies, view additional information about the books, and suggest titles you would like to see brought back into print. We are most eager to receive these suggestions, and if possible, to discuss them with you. Any comments you wish to make about Stockcero books would be most helpful.

The Stockcero website will also provide access to an increasing number of links to critical articles, libraries, databanks, bibliographies and other materials relating to the texts we are publishing.

By registering on our website, you will allow us to inform you of services and connections that will enhance your reading and teaching of an expanding list of important books.

You may additionally help us improve the way we serve your needs by registering your purchase at:
http://www.stockcero.com/bookregister.htm